O que é meu

F☀SF☀R☀

JOSÉ HENRIQUE BORTOLUCI

O que é meu

1ª reimpressão

Não há texto sem filiação.

Roland Barthes

De qualquer modo, desejamos um milagre de oito milhões de quilômetros para o Brasil.

Graciliano Ramos

9 Recordar e contar

30 Agora você sabe

49 Vontade de ver

72 Nestor

76 Mata e mata

96 Manelão

99 Esse povo

110 Jaques

115 Boleia

123 O que é meu

138 AGRADECIMENTOS

Recordar e contar

Se o meu pai, sempre fazendo ausência: e o rio-rio-rio, o rio — pondo perpétuo.

João Guimarães Rosa,
"A terceira margem do rio"

Lembra que esse aeroporto o pai ajudou a construir pra você poder voar. Ouço essa frase do meu pai sempre que tenho de pegar algum voo no aeroporto de Guarulhos. E eu sempre me lembro, mas demorei para aprender. O pai caminhoneiro visita a casa, a esposa e os filhos. Ele chega, mas logo se vai. Chegavam ele e o caminhão, um par, quase uma coisa só, entidade que sobrava e faltava, impositiva e passageira. Eu, menino, queria que eles ficassem, queria que se fossem, queria ir junto deles.

Ele disse essa mesma frase quando estávamos a caminho daquele aeroporto em agosto de 2009, no dia em que embarquei para fazer meu doutorado em sociologia nos Estados Unidos. Nos meses em que me preparava para essa mudança, mostrei várias vezes a ele o estado de Michigan no mapa. Calculamos a distância entre Jaú e Ann Arbor, onde eu moraria pelos próximos seis anos. Meu pai não entende do mundo das universidades, não domina as nomenclaturas e os rituais acadêmicos. Ele tem uma vaga noção do que significa fazer um doutorado. Mas de distâncias ele entende.

Oito mil quilômetros separam as duas cidades. Esse número não o impressionava. Ele tinha percorrido centenas de vezes essa distância ao longo de cinco décadas como caminhoneiro. Um dia ele pediu que eu calculasse quantas vezes seria possível contornar a Terra com a distância que ele cobriu como motorista.

E será que dá pra chegar na Lua?

No imaginário do meu pai, uma viagem da Terra à Lua de caminhão é coisa mais concreta do que minha vida de acadêmico, professor, escritor.

Palavras são estradas. É com elas que conectamos os pontos entre o presente e um passado que não podemos mais acessar.

Palavras são cicatrizes, restos de nossas experiências de cortar e costurar o mundo, de juntar seus pedaços, de atar o que teima em se espalhar.

Palavras eram o presente que meu pai trazia de caminhão em minha infância. Elas ressoavam isoladas — *boleia, transamazônica, carreta, rodovia, pororoca, Belém, saudades* —, ou então formavam narrativas sobre um mundo que parecia grande demais. Eu tinha que imaginá-las com todas as cores, gravá-las na memória, me agarrar a elas, pois logo meu pai iria embora para voltar só dali a quarenta, cinquenta dias.

A maioria dessas histórias eram reconstruções de fatos que ele presenciou ou que ouviu nas estradas. Outras eram criações fantásticas: a caçada épica de uma ave gigante na Amazônia, a fábula de um carneiro que ele encontrou em uma rodovia e que levou para ser seu companheiro de boleia, viagens para além da fronteira com a Bolívia com grupos de hippies nos anos 1970. Muitas, imagino, misturavam relato e fantasia. Ele descreve em detalhes a aparição de Ovnis em uma rodovia do Mato Grosso, noites passadas em aldeias indígenas isoladas, brigas com soldados armados, resgates homéricos de caminhões tombados em barrancos.

*

Seu nome é José Bortoluci. Em Jaú, todos o chamam de Didi, mas na estrada ele era o Jaú. Ele nasceu em dezembro de 1943 na zona rural daquela cidade do interior de São Paulo, quinto filho de uma família de nove irmãos.

Meu pai estudou até a quarta série, trabalhou desde os sete anos no pequeno sítio da família, mudou-se com eles para a cidade aos quinze. Tinha apenas 22 anos quando se tornou caminhoneiro. *Eu era novo, mas tinha coragem de leão.* Começou a dirigir caminhões em 1965 e se aposentou em 2015. Era outro país esse que ele percorreu e ajudou a construir, mas que parece familiar nos últimos anos: um país tomado pela lógica da fronteira, da expansão a qualquer custo, da "colonização" de novos territórios, da vandalização ambiental, da vagarosa construção de uma sociedade de consumo cada vez mais desigual. As estradas e os caminhões ocupam lugar de destaque nessa fantasia de nação desenvolvida onde florestas e rios dão lugar a rodovias, garimpos, pastos e usinas.

O caminhão trazia meu pai, roupas sujas e pouco dinheiro. Minha mãe se angustiava e trabalhava dobrado, cuidando dos dois filhos e costurando para fora.

Sou o filho mais velho. Entendi muito cedo que nossa vida familiar era assombrada pelo risco da pobreza extrema, pela inflação desenfreada, pelo adoecimento precoce.

Nos habituamos a viver em um estado de incerteza, submetidos à urgência das contas prestes a vencer e dos limites estreitos do que podíamos comer, conhecer, desejar. Nunca conhecemos a fome, em alguns momentos graças à ajuda de vizinhos, amigos e parentes quando a renda da minha família se esgotou e as cobranças a meu pai estavam em seu auge. Lembro-me, contudo, de me acostumar com aquela espécie de "meia fome que você sente com o cheiro de jantar vindo das casas das famílias mais abastadas", como descreveu a poeta dinamarquesa Tove Ditlevsen em suas memórias. Uma meia fome insistente que costumamos menosprezar, dando-lhe o nome enganoso de "vontade". No meu caso, essa sensação era atiçada pelas propagandas de iogurtes e cereais açucarados que inundavam a TV nos anos 1980 e 1990, e que até hoje me provocam uma incômoda tentação que brota como um eco desafinado daqueles desejos passados.

Boa parte das roupas que eu e meu irmão usávamos durante nossos primeiros vinte anos de vida eram de segunda mão, doadas por um tio ou por amigos da família, ou então compradas em "bazares da pechincha". Minha mãe, que costurava para ajudar com os gastos da casa, fazia questão de que elas estivessem impecavelmente limpas e reformadas. As mais novas eram "roupas de ir à missa", as mais velhas, para usar nos dias de semana.

Nossa casa era pequena e abafada, construída aos poucos no fundo da casa dos meus avós. A cozinha sem forro alagava com qualquer chuva mais intensa. Era nesse cômodo que eu e meu irmão estudávamos depois da escola e onde minha mãe trabalhava o dia todo. A trilha sonora vinha dos ruídos de sua máquina de costura e das canções do rádio, sintonizado em alguma estação local. Muito trabalho, pouco dinheiro, não havia tempo para desfazer o que foi tecido: nesta história não existem Ulisses ou Penélopes.

Minha mãe detestava que ele fumasse dentro de casa. Por isso, quando estava em Jaú, meu pai passava boa parte do tempo sentado em um degrau entre a cozinha e o pequeno quintal que ligava nossa casa à dos meus avós. Aquele degrau, espaço limite entre o dentro e o fora, concretizava o estado incerto que meu pai ocupava para mim, um homem que era ao mesmo tempo uma parte essencial da minha vida e um visitante sazonal que desorganizava o ritmo dos nossos dias.

As cobranças financeiras a ele nunca cessavam. No ar da casa circulava um terror silencioso associado à expressão "cheque especial", que eu devo ter aprendido já nos meus primeiros anos. E, mais que qualquer outra, "dívida": palavra sufocante que se espalhava pelos cômodos feito a fumaça dos cigarros. Essa palavra chegava de caminhão e ficava por lá mesmo depois da partida de meu pai. Até hoje, a palavra "dívida" me traz à mente o cheiro de cigarro e a imagem daquele degrau da velha casa da infância.

Não há quase nenhum registro escrito desses cinquenta anos de estrada — apenas dois cartões postais enviados à minha mãe e algumas notas fiscais amareladas na gaveta. Mas ele se lembra de muita coisa, e suas "madeleines" despontam quando menos se espera: uma imagem na TV faz com que se recorde de quando ficou dias seguidos sem comida, atolado em uma estrada lamacenta do sul do Pará; qualquer notícia de acidente grave no rádio abre uma caixa de histórias sobre os muitos que viu e o punhado que sofreu; histórias de aldeias, de caçadores, de paisagens tropicais distantes, de companheiros — alguns leais, outros não, a maioria deles já falecidos. Narrativas que vão desfilando e se recompondo sem o apoio de fotos ou anotações. Resta a memória de um senhor de quase oitenta anos, já um tanto embaralhada pelo tempo.

Eu vi tanta coisa, filho. Devia ter tirado foto, ter escrito. Celular, essas coisa assim, não tinha. Não existia não. A única coisa que dava era pra ter fotografado com uma Kodak, essa máquina de fotografia branco e preto, mas o pai nunca teve. Porque se eu tivesse gravado tudo que eu fiz, você ia sentir o maior orgulho do seu pai. O que é meu é tudo aquilo que eu vi e gravei na memória. Então a única coisa que posso fazer é tentar recordar e contar.

São poucas também as fotografias em que meu pai aparece em suas viagens nesse período de cinco décadas. A maioria das fotos registra sua presença em datas comemorativas, quando estava com a família em Jaú.

Em uma dessas imagens estamos nós dois na cozinha da nossa casa. É meu aniversário de um ano, em novembro de 1985. Ele me segura no ar enquanto primos cantam parabéns em torno do bolo. Balões coloridos, copos plásticos azuis, uma garrafa de vidro de coca-cola compõem a cena. As mãos dele me seguram firme, e eu pareço confiante; mantenho o corpo ereto, apenas com as pontas dos pés tocando levemente a mesa com meus minúsculos tênis vermelhos. Olho para a câmera, meus olhos muito abertos e atentos, enquanto ele olha para mim. Meus cabelos eram mais claros do que são hoje, e os dele ainda não tinham perdido a cor: estão penteados para trás, compridos, brilhantes e besuntados de Trim, o creme de pentear que ele usou por décadas, até decidir recentemente que não usaria mais e manteria os cabelos curtos — o mesmo corte do meu avô na velhice. Minhas mãos brancas, pequenas, pousam na pele muito queimada de sol de meu pai, marcada pelo bronzeado desigual, típico dos motoristas de caminhão, que ele ostenta até hoje, mesmo que sua pele tenha se desbotado e esteja pontilhada de manchas e cicatrizes. Uma mãozinha sobre seu braço, outra sobre os dedos de uma das mãos que me seguram. Essa é uma das poucas fotografias em que minha mãe não aparece (ela teria tirado a foto?).

Alguns dias depois da festa, meu pai voltaria à estrada para regressar a Jaú semanas mais tarde, talvez para o Natal, ou para o nascimento do meu irmão daí a seis semanas. Num diário que minha mãe manteve por anos, desde o início do namoro com meu pai em 1976 até pouco depois do meu nascimento, ela descreve esse tempo esgarçado pela distância: "Didi, como eu te amo, repetiria isso milhões de vezes se você estivesse todo dia aqui juntinho de mim. Mas sei que isso é quase impossível pois tenho de trabalhar e você também, para que possamos chegar até aquele ideal que pensamos. A distância traz a saudade, mas nunca o esquecimento".

Não sei qual é esse ideal de que ela fala e se hoje ela acredita que o tenha alcançado. Essa anotação é de 3 de junho de 1976, mas o tom empregado nessas linhas se repete dezenas de vezes nas páginas do caderno durante os nove anos seguintes.

Isolado em casa por causa do colapso do sistema de saúde na região de Jaú, uma das mais afetadas pelo coronavírus naquele triste início de 2021, meu pai parecia animado em contar suas histórias. Comecei a registrá-las em áudio em janeiro daquele ano em sucessivas visitas a ele e a minha mãe, sempre em noites quentes depois do jantar. Ele preferia conversar comigo no quintal, deitado numa velha rede que comprou nos anos 1970 em alguma cidade do Piauí e que o acompanhou por décadas em suas viagens.

Filho, essa conversa que nós tamo tendo aqui, você vai ter como lembrança, porque cê sabe que logo o pai vai embora.

Depois de uma dessas gravações, ele se perguntou em voz alta se conseguiria ver o livro publicado. Eu tenho me indagado o mesmo desde dezembro de 2020, quando ele me contou pela primeira vez sobre dores estranhas que sentia no abdome e sobre o sangue que aparecia em suas fezes havia algumas semanas.

No momento em que escrevo estas linhas, no início de 2021, meu pai, aos 78 anos, começa o tratamento para um câncer de intestino. O tumor brotou em seu corpo, se espalhou em nossa vida familiar e chegou até este livro.

O câncer foi diagnosticado no dia 29 de dezembro de 2020, antes de eu começar uma série de entrevistas com ele, mas depois de já ter dito que gostaria de gravar conversas nossas, para ouvi-lo falar da estrada, das histórias de sua vida, seus "causos", suas memórias e o que mais ele quisesse dizer.

Na primeira vez que comentei que escreveria um livro, ele me perguntou se isso seria bom para mim. Respondi que sim, que achava que sim. *Se é bom pra você, eu fico feliz.*

No dia anterior ao diagnóstico, eu estava em São Paulo e havia passado a tarde toda fixado em mapas de rios amazônicos e em roteiros rodoviários pela região Norte do país. Li sobre períodos de cheias e de estiagem, sobre as épocas mais adequadas para visitar praias de rios, para navegar por igarapés ou para observar a mata nos seus entornos. Comecei a planejar uma viagem por toda a Transamazônica (conseguiria me virar por lá, já que não sei dirigir?). Encomendei três mapas da região, desses imensos de dobrar e desdobrar, além de guias rodoviários detalhados, cartas geográficas daquelas rodovias que atravessam a floresta, os antirrios de asfalto que meu pai ajudou a construir nessa região que ele cruzou por décadas.

Naquela mesma noite, um cano do meu apartamento estourou. A água inundou todo o banheiro, parte da cozinha, a área de serviços, o corredor de entrada e logo se espalhou para fora do apartamento. Isso chamou a atenção da zeladora do prédio, que me ligou preocupada. Eu tinha saído de casa, mas consegui voltar rapidamente. A sala era a principal área afetada, toda ela coberta por um grosso cobertor líquido, um palmo de água sobre o chão de madeira, como um espelho que oscilava suavemente refletindo abajures, poltronas, plantas e a imagem de meu corpo. O pequeno apartamento na região central de São Paulo, tão diferente da casa onde cresci, com móveis modernos que finalmente permitiam que eu criasse algo que parecesse um lar adulto de classe média, tomado por água que me chegava até as canelas.

Senti excitação e medo. A água fora de lugar parecia cênica demais, um presságio ruim, como que saída de um romance colonial de Marguerite Duras ou de uma pintura surrealista. A água encharcou os meus sapatos, a barra das calças, almofadas, móveis de madeira e se infiltrou por milhares de pequenas rachaduras nos tacos da sala, fazendo com que eles se envergassem para sempre. No quarto, meu gato se escondia debaixo da cama, um dos poucos lugares poupados pela água.

O câncer também tem algo de transbordamento: ele é matéria deslocada, em frenética expansão.

Liguei para Jaú na manhã seguinte e perguntei para minha mãe qual o diagnóstico da biópsia de intestino que eles tinham acabado de retirar no laboratório. Ela se atrapalhou para ler a palavra estranha. Preferiu soletrar, e eu escrevi num pedaço de papel: a-d-e-n-o-c-a-r-c-i-n-o-m-a. Letra por letra a palavra se formou, cada letra uma célula que se juntou a outras para formar um significante novo, uma palavra-massa fora de lugar.

Uma rápida busca no Google me esclareceu que "adenocarcinoma" é o termo médico para um certo tipo de tumor que acomete tecidos epiteliais glandulares, como o do reto, caso do meu pai. Ela foi a primeira de muitas palavras que entraram em nosso crescente léxico familiar nos meses que se iniciavam. A doença não é apenas um fenômeno biológico, é também um novo reino de palavras, um emaranhado de vocábulos e expressões que colonizam nossa linguagem cotidiana. Todos nós vivemos isso nos últimos anos, quando o coronavírus nos forçou a mergulhar em uma lagoa terminológica de "médias móveis", "proteína spike", "imunidade de rebanho", "janela imunológica" e tantas outras. No caso de minha família, fomos também cercados por palavras em rápida multiplicação que passaram a circular pelo corpo do meu pai, a se ligar a ele e a lhe dar novos contornos.

Depois daquele termo inaugural, outras palavras e expressões foram se agregando: "estoma", "colostomia", "marcadores tumorais", "PET scan", "tumor colorretal". E "neoplasia maligna", a mais cruel de todas, talvez por remeter a uma espécie de drama moral, ou por ser a mais sincera.

Aprendo logo nas primeiras consultas médicas que o tabu com a palavra "câncer" não é restrito ao mundo dos pacientes e seus familiares. Um observador atento teria que se esforçar para encontrá-la em laudos, exames, rotinas hospitalares, conversas com médicos e enfermeiros. "Ele está com aquela doença" ainda é uma frase típica para nos referirmos a esse mal, e basta ter acumulado alguns poucos anos de vida para saber que "aquela doença" não é gripe, cólera ou pneumonia. A sua ausência parece deixá-la mais viva — nesse silêncio, todos sabemos que é de câncer que se trata.

Susan Sontag famosamente escreveu que "Todos que nascem têm dupla cidadania, no reino dos sãos e no reino dos doentes. Apesar de todos preferirmos só usar o passaporte bom, mais cedo ou mais tarde nos vemos obrigados, pelo menos por um período, a nos identificarmos como cidadãos desse outro lugar". A escritora estadunidense conheceu bem essa condição de duplo pertencimento durante seus tratamentos contra o câncer, em uma série de recidivas que ela enfrentou durante seus últimos trinta anos.

Meu pai circula com esse novo passaporte. As marcas que ele passa a carregar e os rituais a que ele é submetido — a perene bolsa de colostomia, a intermitente sonda urinária, as visitas frequentes a hospitais, as cirurgias — assinalam sua cidadania no mundo dos doentes.

Em um famoso diálogo no romance *O sol também se levanta*, de Ernest Hemingway, um veterano de guerra e ex-milionário falido explica a um colega como se deu sua ruína econômica:

"— Como você faliu?

— De duas formas. Gradualmente e, então, de repente."

Observando meu pai nos últimos anos, aprendi que envelhecer também obedece a esse ritmo duplo. Envelhece-se gradualmente: músculos perdem força, novas dores brotam no corpo, a catarata turva a visão, a audição deixa de captar nuances, escadas conhecidas tornam-se obstáculos olímpicos; cirurgias, internações e falecimentos de conhecidos passam a dominar as conversas com amigos e parentes da mesma idade.

Também se envelhece de repente. O grande salto de meu pai chegou com o diagnóstico de câncer colorretal e com o tratamento que se seguiu.

Depois dos quarenta a vida passa rápido, mas tá voando desde que eu soube da doença.

"Cardiopata grave", registram os prontuários; "seu pai é um paciente complicado", dizem os médicos que o atendem; "com o senhor nós temos menos opções de tratamento", repete o oncologista em todas as consultas.

Memórias emergem e se entrelaçam: ele se lembra de que seu pai e dois irmãos morreram de câncer de intestino. *Minha vó Maria também teve. Ela operou do tumor no dia da inauguração de Brasília. Depois viveu mais um tempo, acho que não morreu disso, não sei bem.*

Sua condição cardíaca frágil impede que os médicos realizem uma cirurgia de intestino que de fato remova o tumor logo no início do tratamento. Ou ao menos foi o que concluiu um primeiro cirurgião, já que os encaminhamentos médicos raramente nos pareciam convincentes. A dúvida passou a ser a condição permanente no trato de sua saúde. Nunca nos sentimos persuadidos de que ele realmente não podia ser operado para a amputação do tumor, e ao mesmo tempo tínhamos pavor da ideia de que ele fosse.

Escrevo entre duas devastações. Uma delas acomete o corpo de meu pai. A outra é coletiva, nacional. Nos últimos anos, fomos abatidos pelo macabro experimento político do grande mal que escancara os dentes para a pilha de mortos que nem mais conseguimos contar.

Assim como fortunas e corpos entram em crise no ritmo duplo do gradual e do repentino, países podem ser devastados nessa mesma toada. É certo que a crise atual do país está inscrita em sua longa história de violências. Mas o repentino de nosso mal coletivo se deu em outubro de 2018, quando a encarnação da nossa barbárie foi escolhida para ocupar o posto mais alto da República.

Alguns meses antes, durante dez dias de maio daquele ano, o país assistiu atônito à misteriosa paralisação dos caminhoneiros por todo o território nacional. Aqueles trabalhadores das estradas irrompiam como um espectro incômodo na política do país. Desde então, "caminhoneiros" tornaram-se um sujeito indeterminado que ronda a imaginação brasileira, apavorando os políticos de ocasião e excitando líderes oportunistas, desejosos em sequestrar a potência política desses trabalhadores com a ameaça de uma repetição dos fatos de 2018.

O corpo do meu pai, já atravessado de cicatrizes, ganharia mais algumas desde o diagnóstico de dezembro de 2020. Ele entrava em um território estrangeiro e nós o acompanhávamos de perto, como viajantes sem mapa que pedem indicações ao longo do caminho e se orientam pela intuição e por memórias de outras viagens.

Uma bolsa de colostomia foi acoplada ao lado esquerdo de seu abdome em abril de 2021. Ela deve ser limpa várias vezes ao dia e trocada semanalmente. Essas bolsas irão acompanhá--lo pelo resto da vida, recolhendo os excrementos eliminados por um estoma, uma espécie de ânus sem esfíncter construído cirurgicamente pelo desvio do intestino para a superfície do abdome. Depois viriam as várias seções de radioterapia e uma sucessão alarmante de consultas, exames, internações, sempre antecedidas de incontáveis horas em salas de espera lotadas.

Pouco depois da cirurgia de colostomia, ele para de urinar por causa de um descomunal crescimento de sua próstata, o que exigiu a colocação de uma sonda que o acompanhou por três meses, até que uma outra cirurgia — uma "raspagem de próstata" — devolvesse parcialmente a ele essa capacidade fisiológica básica, ao menos por algum tempo. O estoma funciona bem, e ele se acostuma aos desagradáveis rituais de cuidado e limpeza, mas uma hérnia cresce sem parar em volta dele. A imensa protuberância incomoda, deforma seu corpo e obriga-o a usar continuamente uma cinta larga e apertada.

O tempo passa a caminhar no ritmo da constante espera pelos próximos resultados. Somos cercados pelo medo de possíveis cirurgias futuras, da piora de sua condição cardíaca, pelo receio de recebermos notícias de novos tumores.

As palavras "nódulo" e "pulmão" aparecem juntas pela primeira vez em fevereiro de 2022, quando mais uma especialidade médica, a pneumologia, foi chamada a participar desse longo escrutínio de seu corpo. Da mesma forma que entrou, ela saiu de cena um mês e vários exames depois quando os médicos concluíram que, "provavelmente", não se tratava de um novo tumor. Não, não precisávamos falar em metástase, ao menos ainda não.

Como se narra a vida de um homem comum? Sou desafiado pelo silêncio das fontes, o apagamento de registros daqueles que constroem o mundo, que escrevem suas histórias com mãos e pés, com palavras ditas e cantadas, com suor e a pele marcada. Tento entrar naquele território do ir e vir dos que não costumavam fotografar, que não escreveram muitos diários, não deram entrevistas nem foram filmados. Como sugere Brecht, procuro os construtores dos palácios e das muralhas, não os nobres e generais que os comandam; as cozinheiras, motoristas, jardineiros e faxineiras, e não os dignatários nos salões do poder.

Um herói esquecido. Com cinquenta anos de caminhão, de estrada, posso dizer isso com certeza: caminhoneiro é um herói esquecido. É maltratado, desprezado. Só não sou esquecido por vocês. Ninguém dá valor, ninguém. Não vê o sofrimento da gente levantar duas horas da manhã, tocar até onze e meia, meia-noite, ficar sem comer, correr o risco de morrer em acidente, de ser assaltado, a dureza de ficar longe da família.

Gosto de ouvi-lo falar sobre o cotidiano, sobre as sensações e pequenas lembranças que marcam o ritmo dos dias: "os relatos da cotidianidade dos sentimentos, dos pensamentos e das palavras. Tento captar a vida cotidiana da alma", como ensina Svetlana Aleksiévitch. Com frequência me pego tentando descobrir os detalhes das paradas de seu caminhão, onde ele comia ou tomava banho, quais cheiros sentiu, com quem falava. O que ele viu e me conta, o que jamais me contaria, o que ele apenas sugere, o que já se perdeu no tempo, o que a memória reconstruiu por completo.

Logo de início, desisto de me deixar guiar pela minha formação acadêmica e produzir uma história social dos caminhoneiros brasileiros, ou uma sociologia histórica de uma categoria profissional da qual meu pai seria um "caso".

Isto tampouco é uma biografia. Apesar da minha curiosidade, não se trata de trazer à luz a "verdade dos fatos", as informações precisas sobre os lugares que ele percorreu, as pessoas que conheceu, de quanto ganhava e devia. Esse pai não pode ser narrado dessa forma: ele não existe. Talvez exista o homem José Bortoluci, brasileiro, nascido em 1943, filho de Demétria e João, no bairro do Campinho, zona rural do município de Jaú, casado com Dirce, pai de José Henrique e João Paulo, católico, motorista de caminhão, palmeirense, grande cozinheiro, cardiopata grave desde os 48 anos, aposentado "por invalidez", atualmente paciente oncológico. Isso seria tarefa de um biógrafo, mas biógrafos não se debruçam sobre a vida de pessoas como ele, trabalhador, homem comum, que pouco leu e escreveu, que não liderou corporações, não comandou exércitos, não governou países ou conquistou territórios.

A forma como ele narra sua história também parece trair a fixação pela unidade e pelo sentido de uma vida que é tão marcante na maioria das biografias. Busco por vezes o pensamento de Roland Barthes: contra o autoritarismo unificador da biografia, procuro recorrer a "alguns pormenores, a alguns gostos, a algumas inflexões, digamos a 'biografemas', cuja distinção e mobilidade pudessem viajar fora de qualquer destino e vir tocar, como átomos epicurianos, algum corpo futuro".

Esses átomos epicurianos viajam pelas palavras de meu pai, unindo diferentes tempos e cenas. Eles podem aparecer na forma de uma viagem pela ferrovia Madeira-Mamoré, a famigerada "Ferrovia do Diabo", assim conhecida por conta do imenso número de trabalhadores mortos durante sua construção no início do século 20:

Deve ter sido em 67 que aconteceu isso, já faz tanto tempo que eu me perco. Apareceu uma viagem pra ir de São Paulo a Rio Branco do Acre, pra levar maquinários pra uma fábrica que tavam montando lá. Mas eu sabia que de Porto Velho pra Rio Branco não tinha rodovia. A gente tinha que chegar em Porto Velho, colocava o caminhão em cima de um vagão de trem e andava quinhentos quilômetros em cima do vagão. Era pura aventura no meio da mata. Tinha umas seis ou sete estaçãozinha de parada que é onde os trem carregava mercadoria dos índios, dos garimpeiros, dos seringueiros; então era o lugar que os trem parava que era o ponto de carga. Ali tinha um barzinho, tinha uma cachaça, uma tubaína, não tinha mais nada que isso. Então essa viagem eu carreguei, pus o caminhão em cima do trem em Porto Velho, demorou três dias pra depois ele sair de viagem. Aí gastamos cinco dias pra fazer uns quatrocentos quilômetros nesse vagão de trem. O trem tinha cinco vagãozinho e uma máquina tocada a lenha. Em todas as estações eles tinham que carregar a maquininha de lenha pra poder fazer o combustível da viagem.

Poucos anos depois, em 1972, a ferrovia de 366 quilômetros seria desativada. A imagem de um velho trem movido a lenha rasgando lentamente a floresta me remete aos delírios de ocupação colonial da Amazônia, às centenas de trabalhadores mortos na construção dessa ferrovia no início do século 20, ao experimento prepotente de conquista da floresta.

A velha ferrovia é um esqueleto de nossos incansáveis planos de grandeza nacional. O canteiro de construção daquela ferrovia do diabo prenuncia os canteiros de Brasília, da Transamazônica, de Belo Monte, dos estádios construídos para a Copa do Mundo de 2014, e de tantas obras que serviram como cartões postais de nosso arremedo de modernidade. *Cinco vagãozinho e uma máquina tocada a lenha* atravessando o estado de Rondônia, um dos gestos arrogantes e fracassados de "ocupação do território" que o capitalismo de devastação brasileiro ainda chama de progresso.

O que fazer com as palavras do meu pai? Como ouvi-las, transcrevê-las, reorganizá-las sem que percam sua consistência e suas cores?

Desisto de nomear essa busca que enlaça passado e presente, história nacional e história de vida de um trabalhador, fatos e fabulação, deslocamentos e condensações, oralidade e escrita, diferentes registros de linguagem que se complicam pelo ato da transcrição — que, por si só, já envolve um processo nada inocente de tradução.

Ao tentar reconstruir partes importantes de sua história, os fatos da sua vida vão se montando sobre uma estrada que se abre entre mim e meu pai. E essa história eu só posso escrever como filho.

Questões de método e estilo, que tomaram muito do meu tempo no início deste projeto, viraram penduricalhos teóricos a partir do diagnóstico médico em dezembro de 2020. O "evento câncer" irrompeu como um chamado de urgência. Ele impôs outros fios que nos enlaçaram como família e apertou os nós entre o passado distante e um presente que parecia estar em chamas.

Aquele novo tempo era o tempo de acompanhá-lo em internações e exames, o tempo lento das salas de espera e das muitas noites em hospitais, das viagens quase semanais entre Jaú e São Paulo, de ajudá-lo a tomar banho e se secar, da luta contra burocracias médicas, de decidir entre alternativas de tratamento radicalmente distintas. O novo ritmo da troca de sondas, bolsas e fraldas. Foi nesse presente flamejante que ouvi de forma mais atenta as histórias de meu pai.

Fizemos seis longas entrevistas, gravadas em janeiro e fevereiro de 2021. Também anotei conversas em cadernos ou no bloco de notas do celular; acumulei comentários rabiscados de improviso, frases que eu ouvia ao telefone, durante visitas a Jaú, ou nas centenas de horas que passamos juntos no hospital e em consultórios ao longo dos últimos dois anos.

Nessas conversas, passado, presente e futuro convivem num estado de promiscuidade. A pessoa que narra habita simultaneamente o tempo presente da fala e o tempo do ocorrido, além de experimentar o esgarçamento do ritmo entre os dois. Eu, que pergunto e escuto, vivo também o agora da escuta, as memórias de meus tempos passados quando já tinha ouvido parte das histórias, assim como os vários tempos futuros da escuta das gravações, da leitura das transcrições e da escrita.

Nas entrevistas, tento acompanhar os fatos, meditar sobre suas escolhas de vocabulário, exercitar uma arqueologia dos seus silêncios.

De início, ele insiste que não tem muita coisa a dizer e tenta entender os motivos para eu gravar suas histórias. *Acho que você vai guardar essas gravações como lembrança, pra você recordar as minhas palavras. Tomara que você aproveite bem esse tempo nosso, que dê tudo certo, que você seja feliz com isso.*

Às vezes descobrimos coisas que já estavam a um palmo de distância, mas que não foram suficientemente olhadas, como quando observamos nossas mãos e somos surpreendidos por linhas que já tínhamos visto centenas de vezes. Ou quando somos assombrados por nosso reflexo em um espelho que não sabíamos estar lá e, numa fração de segundo, vemos em nossa própria imagem o sorriso de nosso pai, o olhar de uma avó, a expressão de um irmão, os cabelos de um tio que encontramos uma vez ao ano, a postura de um bisavô que só conhecemos por fotografias.

Somos ano após ano investigados por parentes e conhecidos que operam com a astúcia de genealogistas, nos inserindo em uma centenária linhagem anatômica, gestual, afetiva e lexical. Nossos corpos e nossas vozes anunciam constantemente a casa dos nossos pais e as formas de voltar a ela — ou de tentar fugir.

Poucos temas foram mais tratados na história da literatura do que a relação entre pais e filhos. Ela é uma das matérias centrais das narrativas mestras no Ocidente, e talvez em todas as culturas. Nenhum de nós escapa dessa condição tragicamente humana da filiação, mesmo que esta assuma uma imensa variedade de formas. Nascemos e morremos sós, é certo; porém chegamos ao mundo cercados de cuidados, de gestos, palavras e toques que nos marcam pelo resto da vida. Os cuidadores são nossa conexão com os contemporâneos e com aqueles que nos antecederam. Nossa história individual se amarra à correnteza das gerações, e aqueles que exercem as funções paterna e materna são a barca na qual navegamos esse rio revolto da história.

A filiação também é o encontro com um segundo fato cardeal: somos seres de linguagem. Herdamos os tesouros e os terrores das palavras de nossos pais e mães, de parentes mais velhos e daqueles que vivem em seu entorno. Nossa fala é sempre atravessada de ecos e de outros. Falar é trazer os mortos para dançar na festa dos vivos, é reviver o trajeto de gerações passadas e de nossa história de encontros e de perdas.

No início, nossos pais falam por nós, não só para nós. Eles inventam uma voz para palavrear os balbucios do bebê. Depois continuamos a nascer com nossas próprias palavras, que aprendemos com eles, sem eles, ou contra eles. Esse segundo nascimento dura para sempre.

Passamos a vida construindo nosso próprio vocabulário, compondo um ritmo de fala, reinventando expressões que ouvimos em um tempo remoto. Usamos palavras empoeiradas para amar e odiar, para expressar saciedade ou fome como se fazia à mesa de jantar dos tempos de criança. Ainda hoje peço para "suspender" o volume da TV como faz minha mãe; como minha vó Isaura, chamo todos os santos e a Virgem Maria quando estou surpreso; berro de supetão as blasfêmias que ouvia de meu pai (*Dio porco! Morfético!*) e gargalho com meu irmão quando um de nós recupera palavras ou expressões que inventamos quando éramos pequenos.

Tornar-se adulto é aproximar-se e afastar-se daquele dialeto familiar, da língua viva da infância. Isso não é tarefa simples. Executamos o demorado labor de eleger palavras, sermos escolhidos por outras, dispensarmos muitas, nos revoltarmos contra termos e usos, construirmos um arquivo pessoal e, com o tempo, produzirmos um relato terceiro, vacilante, entrecortado, como um coral sempre fora de tom, em que graves e agudos, palavras novas e velhas não cessam de produzir uma curiosa dissonância.

Só podemos falar nossa própria língua quando acertamos as contas com a língua de nossos pais.

Agora você sabe

> *Os ancestrais de todos haviam feito parte da história, mas os meus pareciam ter sido meros hóspedes na morada da história.*
>
> Maria Stepanova

A história da minha família é uma pequena peça no quebra-cabeça da classe trabalhadora transatlântica — mas, no nosso caso, uma classe trabalhadora branca. Meus avós e meus pais estão entre os trabalhadores que sempre receberam pouco e contaram com pouca proteção do Estado, mas se beneficiaram continuamente daquilo que Du Bois chamou de "salário público e psicológico" dos brancos — um recurso vitalício que recebemos pelo simples fato de não sermos descendentes de indígenas ou de africanos escravizados.

A branquitude dos imigrantes europeus pobres foi habilmente mobilizada pelas elites brasileiras em sua missão de substituir a mão de obra escravizada no país e de promover uma política de branqueamento e de perpetuação de uma violenta hierarquia racial. E é claro que esses imigrantes também gozaram das regalias de ocuparem o lado dominante daquele cruel arranjo. Essa forma de passar a "fazer parte" da nação dava a tônica das vidas privadas desses imigrantes e de sua história de trabalho no novo país: homens e mulheres estrangeiros, pobres e iletrados na chegada, porém dotados daquele benefício racial público, uma farta ação afirmativa racial transgeracional, que lhes trazia as vantagens que eles e seus descendentes poderiam acumular no tempo.

Meu avô paterno, Joanim (ninguém o chamava de João), era o filho mais velho de um casal de italianos. Demétria, minha avó paterna, filha de espanhóis. Com exceção dos pais dessa minha avó, todos os meus bisavôs e bisavós eram italianos, algo muito comum na região de Jaú, que atraiu uma grande quantidade de camponeses europeus entre as últimas décadas do século 19 e as primeiras do 20, a maioria deles empregados na lavoura de café.

Os pais do meu vô Joanim eram trabalhadores rurais em um povoado próximo a Gênova. Um primo mais velho, décadas depois, descobriu que Giuseppe e Maria partiram do noroeste da Itália por volta de 1910 em direção à América do Sul. A história do sobrenome da família é um tanto nebulosa. Lembro-me de uma teoria nunca comprovada de que meu bisavô, na Itália, era Giuseppe Bortoluzzo, mas com a mudança de continente, de língua e de documentos, o Bortoluzzo acabou virando Bortoluzzi e depois Bortolucci, com dois "c". Bortoluci, com um "c", somos apenas meu pai, meu irmão João Paulo e eu — um erro de cartório amputou o segundo "c" e criou esse pequeno ramo dos Bortoluci.

Aquele "novo mundo" — católico, rural, patriarcal e atravessado pelo racismo e pela desigualdade — era ao mesmo tempo semelhante e diferente daquele de onde vinham: regiões pobres da zona rural da Itália em finais do século 19 e começo do 20, a periferia da periferia da Europa. Esses imigrantes recém-chegados podiam se nutrir do sonho de começar uma nova vida, juntar algum dinheiro, abrir um pequeno comércio ou, quem sabe, comprar um pequeno pedaço de terra junto de irmãos e primos — como foi o caso de meu vô Joanim. Com isso, podiam aspirar a uma história familiar menos marcada pela carência, pelo analfabetismo e pela morte precoce dos filhos.

Essas disputas e acertos entre recém-imigrados da Europa, naquele país que havia abolido a escravidão havia poucas décadas, obedeciam a uma ética difícil de negociar: casar-se com uma pessoa mais pobre, sem propriedade e de outra origem europeia era condenável; casar-se com uma pessoa negra era inconcebível.

Demétria e Joanim se casaram em janeiro de 1940. Minhas tias contam, com a voz baixa espremida entre os dentes, que o fato de serem donos de uma pequena propriedade era suficiente para que a família do meu avô desconfiasse daquele casamento. Vó Demétria era "colona", além de ser "espanhola". Maria, minha bisavó italiana, não aprovava aquela união entre seu filho e aquela jovem lavadeira. Além da origem da moça, pesava o fato de Joanim ser o filho mais velho e já ser órfão de pai, o que conferiria ainda mais importância ao papel que sua esposa ocuparia, uma espécie de segunda matriarca a disputar espaço com a *nonna Maria*.

Especula-se que tias mais velhas desse lado da família teriam feito promessas e lançado pragas contra o casamento. Algumas das irmãs do meu pai desconfiam dessas maldições até hoje, e se perguntam se seria por causa delas que todas as filhas da vó Demétria ficaram viúvas tão novas e que vô Joanim perdeu o pouco dinheiro que tinha.

Meus avós paternos tiveram nove filhos. Todos nasceram na pequena propriedade rural da família do meu avô. Minha vó Demétria, em dez anos, deu à luz nove bebês. Dez anos grávida, amamentando, trabalhando pesado, vendo filhos entrarem e saírem da escola e ajudarem com a lavoura. Viu um deles morrer quando outros nem tinham vindo ao mundo. Meu pai é o quinto, o segundo filho homem, mas o homem mais velho a chegar aos sete anos — idade em que ele e os irmãos começaram a trabalhar na roça, ajudando os pais e tios. A vida do trabalho nascia antes da vida escolar e se estendia muito além desta em horas diárias, mas também no papel que desempenhava na formação de cada um dos meninos e meninas.

Meu pai estudou até a quarta série no colégio rural do distrito de Barra Mansa, em Jaú. *A gente brincava muito no recreio. O que a gente gostava bastante era do lanche que levava pra comer. Juntava tudo a molecada e sentava no chão e repartia os lanche, a gente comia tudo junto, tudo misturado.* Da sala de aula, pouco se lembra. Ele chegou a começar a quinta série, mas isso exigia que pegasse o trem para a cidade todos os dias, que caminhasse vários quilômetros até o grupo escolar e depois andasse de volta ao sítio da família, aonde chegava após as três da tarde, o que o impedia de trabalhar na lavoura. Meu pai abandonou a escola urbana depois de poucos meses e passou a trabalhar na roça em tempo integral. Ele tinha dez anos.

Mas esse pouco tempo de escolaridade já conferia a meu pai e seus irmãos alguma distinção cultural quando comparados à geração anterior de minha família. Nenhum dos meus quatro avós frequentou a escola. Todos aprenderam a ler e escrever em casa quando crianças — com a exceção de meu avô materno, o vô Aristides, que só foi alfabetizado aos quarenta anos no Mobral, o programa de alfabetização de adultos instaurado pela ditadura militar como alternativa ao projeto de Paulo Freire. Quando pergunto a meu pai se meus avós liam e escreviam, ele responde que sim, que aprenderam sozinhos, ensinados por tios ou irmãos mais velhos que conheciam o básico das letras e palavras.

Isaura, minha avó materna, tinha uma memória prodigiosa e, como meu pai, gostava de contar histórias. Pouco depois de eu ter ido para a escola pela primeira vez, ao perceber que eu gostava daquele mundo de livros e salas de aula, vó Isaura me contou que aprendera a ler e escrever na casa da fazenda onde nasceu, folheando o velho dicionário de seu pai depois que o irmão mais velho lhe ensinou o abecê. Ela dizia que por muitos anos sonhou em entrar em uma sala de aula e em sentar-se em uma carteira de escola. Vó Isaura realizou esse sonho quando minha mãe — sua filha mais velha — começou seus estudos aos sete anos de idade.

Meu pai narra sua história como uma vida de trabalho. No universo social em que ele foi criado e trabalhou, o maior dos pecados é a preguiça, e a gramática moral opõe "trabalhadores" a "vagabundos". É preciso, acima de tudo, não ser e nem parecer vagabundo. É o trabalho que dá forma ao tempo, demarca as diferentes eras e define seu lugar no mundo.

Tornar-se homem era se afastar do universo escolar e fazer do trabalho braçal o destino de seu corpo em formação. Com isso, ele podia seguir os passos de seu pai.

Eu comecei a trabalhar com sete anos de idade com trator, arando terra. O vô Joanim naquela época tinha um sítio pequeno com os irmãos dele, e tinham um tratorzinho. E sabe como que é criança... Eu via o vô guiar, subia no trator. Aqueles tratorzinhos de antigamente era igual aos de brinquedo de hoje, bem pequeno, mas eu era menor ainda. Então não tinha como eu trabalhar sentado no banco, eu ficava de pé no estribo. E arando terra a tarde inteira. Eu saía da escola, ia pra roça, ficava até cinco, seis horas da tarde. De sete até dez anos fiquei nessa vida, e foi aí que abandonei a escola e só trabalhava. Aos quinze ano, os meus pais mudou pra ci-

dade e eu entrei pra trabalhar numa oficina. E trabalhei sete anos nessa oficina. Então foi assim: dos sete aos quatorze eu trabalhei como tratorista, dos quatorze até os vinte e um mais ou menos eu trabalhei como mecânico, e já com vinte e dois deixei a profissão de mecânico e fui pra pista.

No sítio também moravam as famílias de dois irmãos de meu avô. Dezesseis crianças que cresceram juntas vivendo entre a escola, a casa, as brincadeiras e o trabalho.

O serviço nosso era recolher bezerro a tarde pra tirar o leite no dia seguinte de manhã, era descascar o milho pra dar pros porco, tratar as galinha... as meninas mais velha ainda cuidavam dos mais novo. Brincadeira de caminhãozinho, de tirar leite, de colher fruta, essas coisas que a gente brincava.

As brincadeiras eram uma forma de preparar-se para uma vida de trabalho. Minhas tias brincavam de cozinhar e costurar. Minha mãe, costureira quase a vida toda, aprendeu seu ofício quando menina fazendo vestidos para a Pelada, sua galinha que tinha nascido sem penas.

Dos sete irmãos de meu pai que chegaram à adolescência, apenas os dois mais novos continuaram os estudos além da quarta série. Um deles, Paulo, se formou como torneiro mecânico em um curso técnico e se mudou ainda jovem para São Bernardo, onde foi empregado por toda a vida em fábricas metalúrgicas, até sofrer, aos sessenta anos, um infarto fatal a poucos meses de se aposentar. O mais novo fez faculdade de medicina, com a ajuda dos irmãos. *O Toninho, que foi o caçula, conseguimo formar ele pra médico; mas também, num instantinho, acabou a carreira dele, ele morreu, devia ter uns sessenta ano também.*

(Sempre me chamou atenção esse uso do verbo "formar": formar como missão coletiva, poder "formar alguém" e, sobretudo, formar coletivamente um irmão mais novo, como era típico em algumas famílias trabalhadoras daquela geração.)

As irmãs: três costureiras e uma tia mais nova que ao longo da vida trabalhou — ainda trabalha, aos 73 anos — em funções as mais diversas, em diferentes lojas e escolas. E o tio Nelson, um ano mais novo que meu pai, também caminhoneiro, falecido por volta dos 58 anos por complicações de um AVC. *Ele morreu no dia da final da Copa de 2002, no dia que o Brasil ficou pentacampeão. Eu nem vi a final.*

Seu irmão Roberto, um ano mais velho que ele, morreu aos cinco anos, da forma como morriam as crianças pobres vivendo em áreas rurais: uma dor de barriga repentina, a precariedade dos cuidados médicos, a morte ainda menino.

Morreu do quê? Ah, não sei, morreu. Quando ele chegou no médico na cidade, dali a pouco faleceu... ninguém tira da minha cabeça que foi uma apendicite estuporada. Tava com aquela dor, no sítio ficavam dando chazinho e rezando, e quando viram que ele piorou, que a febre apertou, trouxeram ele pra Jaú. Deve ter chegado já morto.

Por ter sido o filho homem mais velho a chegar à adolescência, meu pai assumiu o papel de primeiro auxiliar do meu avô.

Ele conta que seu pai teve de *virar homem* muito cedo, ajudar a mãe a cuidar dos irmãos. *O vô Joanim era o cabeceira, era o chefe da família dos irmão dele.* Começou ainda jovem a assumir responsabilidades cada vez maiores no sítio onde moravam, já que seu pai havia morrido quando ele ainda era adolescente. Como meu pai, meu avô também tinha sete irmãos. Como ele também, era conhecido por saber construir ou consertar qualquer coisa.

E gostava de caçar. Meu pai adorava acompanhá-lo, andar atrás do vô Joanim, correr atrás das codornas e perdizes que ele acertava. Quando seu cão de caça mais querido adoeceu, coube a meu pai sacrificá-lo. Era um cão perdigueiro dos mais habilidosos, o Molerão. Matá-lo seria doloroso demais para meu avô. *Não tinha o que fazer. O cachorro tinha um tumor assim na cabeça, tava sofrendo. O vô falou pra mim: "Sacrifica ele; pega a espingarda e vai lá pra cima do morro; lá você atira na cabeça dele e volta". Eu e o cachorro fomo saindo de casa até esse lugar afastado em cima de um morro. Mesmo com aquela doença que ele tava, você precisava ver a alegria dele: o Molerão tava vendo eu com a espingarda, achando que a gente ia caçar. Ele corria pra frente, ele voltava, ele me cheirava. E chegou a hora que eu precisei atirar nele.*

Meu pai tinha doze anos, e eu devia ter essa mesma idade quando ouvi a história pela primeira vez. Aos doze, ele já havia abandonado a escola e já assumia esse tipo de missão. Penso em meu pai adolescente, realizando um sacrifício em nome do seu pai para poupá-lo da dor. Mais um menino na linha de filhos que, ao serem chamados pelo pai — ou forçados a crescer precocemente pela ausência de um pai —, não têm opção a não ser responder "eis-me aqui". Tornar-se homem era aprender a trabalhar como o pai, a cuidar da família, mas também a fazer uso da violência quando necessário, a estar pronto para assumir a arma do pai e realizar um sangrento ato de compaixão.

Quando eu fui lá pra matar o Molerão, eu levei a espingarda de boca grande do vô Joanim. Ele me falou: "Fica bem perto e atira na cabeça, pra não errar". O tiro daquela espingarda fazia umas roda assim de chumbo, não tinha como errar. Ouço e penso o contrário, que havia muitas formas de errar, mas não comento nada.

Meu avô Joanim levou meu pai com ele ao Paraná quando investiu todo o dinheiro que tinha, uma poupança de décadas de trabalho, em uma pequena plantação de café. Meu pai conta que os irmãos do meu avô dividiram o sítio em Jaú e, com a parte dele, vô Joanim comprou um terreno no norte paranaense. Iam com o velho Chevrolet de meu avô, e a viagem por estradas de terra durava um dia.

Ali, quando abriu o Paraná, era só café. Tinha pé de café que parecia pé de manga, era coisa estrondosa. A plantação tava quase formada, já ia ter a primeira colheita. Aquela terra fértil que dava medo, então aquele café vinha que ficava até preto. Só que geava muito.

Meu pai, aos catorze ou quinze anos, ajudava meu avô a fazer a cerca, erguer a tulha e preparar o terreno do sítio para onde a família planejava se mudar. Ficavam lá um mês, um mês e meio, trabalhando juntos.

O que que aconteceu é o motivo do vô ter morrido sem nada. Ele comprou o sítio, com aquela parte de dinheiro que ele pegou de vender a parte dele do outro; deu aquele tanto de dinheiro nas terra no Paraná e financiou outro tanto que era pra pagar com a colheita do café que tava no pé; mas veio aquela geada, perdeu tudo. Tudo. Precisou ir no banco, refinanciar o sítio inteiro. Quando o café tava no ponto de colher de novo, outra geada. Queimou até o tronco de novo, segunda vez, até no chão. Geada de queimar mesmo, coisa feia. Que que meu pai precisou fazer: vendeu as terras pra pagar o banco e voltamo pra trás sem nada.

Ao me contar essa história pela primeira vez, quando eu tinha por volta de vinte anos, ele concluiu a narrativa com o veredito: *agora você sabe sua história*. Saber minha história era descobrir como se perpetuou o destino de classe que definiu o lugar social em que eu nasci e cresci. Os pés de café prontos para a colheita na pequena propriedade no Paraná eram a aposta do meu avô e de meu pai menino, uma chance de viver uma vida mais próspera e segura, de iniciar uma trajetória menos marcada pelo fantasma das contas a pagar, das cobranças de dívidas, do trabalho exaustivo e alienado em troca de salários irrisórios. Um sonho de melhorar de vida — só que geava muito.

No dia em que sua mãe morreu, em 2008, quando estávamos por um momento apenas nós dois ao lado do corpo dela, ouvi meu pai lamentar baixo: *ela tá indo embora sem deixar nada*. Suponho que ele ali não falava como filho que lastimava por não receber parte de uma herança material qualquer, mas como pai receoso de também "não deixar nada", de um dia terminar como mais uma engrenagem de um ciclo de reprodução da classe trabalhadora em um país em que a desigualdade é uma das marcas distintivas, nosso cruel amálgama coletivo. Naquele momento, não era só com a sua mãe morta que ele falava, mas comigo e meu irmão, com nossos eus futuros frente ao corpo inerte de um pai que, provavelmente, seria um dia velado por nós. Aquelas duas máximas — *e agora você sabe a sua história*; *ir embora sem deixar nada* — eram sua forma de narrar o fracasso de um projeto de ascensão social que conectava dois continentes e quatro gerações de sua família.

Em janeiro de 2015, na noite anterior a mais uma cirurgia cardíaca arriscada, ele calculava em voz alta o quanto seu patrão devia a ele — duas ou três férias vencidas, um salário atrasado, o reembolso de algumas notas. Era pouco, mas pouco é mais do que nada. Estávamos só nós dois naquele quarto abafado de hospital. Ele fazia ali um inventário oral de seu patrimônio, um gesto que condensava em uma pequena cifra sua história de trabalhador e que ele endereçava a mim como um breve testamento improvisado.

Assim como não se nasce, mas se torna mulher, também se torna homem em um contexto histórico específico, no interior de determinadas relações sociais e da vigência de certos valores e códigos culturais. No caso do meu pai, o universo em que se forjou sua masculinidade é o das relações familiares tradicionais, hierárquicas e embebidas de uma linguagem moralista e católica típicas da zona rural, de uma pequena cidade do interior paulista em meados do século 20, e de uma categoria profissional em que operam rígidos códigos patriarcais.

Até hoje meu pai entende que seu valor como homem está atrelado ao trabalho, ao papel de provedor, à capacidade de resolver problemas cotidianos. Ele tem arroubos autoritários quando as coisas não seguem suas expectativas — mesmo os fatos mais miúdos, como não nos sentarmos imediatamente à mesa para almoçar quando ele nos chama. Bufa toda vez que alguém interrompe a sua fala. Gosta de se sentar na cabeceira da mesa e detesta que chamemos sua atenção enquanto dirige para alertá-lo sobre um carro que se aproxima ou um semáforo fechado. Seu tom de voz oscila entre o ânimo jovial e um resmungo irritado. Reclama, xinga e briga com a televisão o tempo todo.

Nunca achou que minha mãe precisasse aprender a dirigir e sempre o incomodou que ela trabalhasse como costureira, como copeira ou qualquer uma das ocupações que ela exerceu na vida. Para ele o mundo é dividido entre coisas de homem e coisas de mulher — com a exceção da cozinha, que embaralha essa divisão tradicional, já que na casa dos meus pais a cozinha é também seu espaço.

Ele passou a juventude na região urbana de Jaú, para onde se mudou com a família aos quinze anos, depois do fracasso do empreendimento no Paraná. Ser homem e jovem ali significava ter uma vida de labuta, mas também de bebida e farra. Era sagrado o ritual diário da cachaça com os colegas de trabalho, ou com primos e amigos do bairro.

E a visita frequente a bordéis. O catolicismo tradicional brasileiro nunca marchou contra o direito dos homens de pagar por sexo e sempre tratou as prostitutas como versões modernas das bruxas e a prostituição como um mal necessário para a manutenção da ordem patriarcal assentada no direito sexual inalienável dos homens e na sujeição sexual das mulheres.

Vários dos antigos casarões próximos à rodoviária de Jaú eram puteiros, abertos o tempo todo a dois quarteirões da Câmara Municipal e da igreja Matriz de Nossa Senhora do Patrocínio. Igreja, câmara e puteiros formavam uma espécie de Santíssima Trindade política do interior do país: catolicismo, masculinidade patriarcal e mandonismo político local.

Meu pai era um jovem atraente. Na foto 3×4 com roupas do Tiro de Guerra, aos dezoito anos, ele está com os cabelos curtos, espetados. Normalmente ele os usava mais longos, penteados para trás. Sempre teve muito cabelo, ainda tem. Os olhos claros se destacam no rosto magro, magreza que ele perderia nos anos seguintes, principalmente a partir dos 22 anos, quando começou a dirigir caminhão. Na época em que serviu o Tiro de Guerra, seu serviço militar obrigatório, ele era conhecido por escapar do quartel para frequentar bares e festas nos clubes da cidade. Numa dessas escapadas, foi surpreendido em um baile pelo seu comandante, que o puniu com a tarefa de faxinar o quartel por semanas seguidas. Em outra aventura, ele se inscreveu para uma corrida de dez quilômetros na cidade, mas fugiu já nos primeiros metros e apareceu de banho tomado, cabelos penteados e roupas de domingo para cumprimentar sua mãe e irmãs, que o aguardavam ansiosas na linha de chegada.

As histórias dessa época são marcadas por cenas repetidas: a destreza com que consertava motores, os porres que o levaram ao hospital diversas vezes, as grandes festas na casa dos meus avós com pencas de irmãos, namoradas, sobrinhos, tios e tias.

Imagino que ele fosse sedutor também, ou ao menos atrevido. Antes da minha mãe ele não teve namoradas, o que não impediu que tivesse muitos casos e aventuras sexuais. "Pai, é aqui que você ficou preso?", pergunto de brincadeira, apontando para a pequena penitenciária próxima à delegacia de polícia central de Jaú. *Sim, mas foi uma noite só.* Me surpreendo, e ele também, achando que tinha sido uma pergunta sincera. Mas revelado o ocorrido, ele me conta que passou uma noite preso ali quando jovem por ter sido abordado por policiais nos arredores de Jaú, transando com uma moça no meio de um canavial, no velho DKW do seu pai, que ele dirigia quando estava em Jaú pra essas e outras finalidades.

Meu pai nunca se interessou por política. Para ele, como para boa parte de seus amigos e conhecidos, a política aparece como fenômeno sazonal, principalmente durante as eleições, e mesmo aí sem nenhuma paixão. Sua teoria é que não importa que candidato vença nas eleições, já que *no outro dia a gente vai ter que trabalhar do mesmo jeito.*

O que aparece nessa ideia, mais uma vez, é sua cartografia ética que divide o mundo entre pessoas certas e vagabundos (sejam eles ricos ou pobres, políticos ou não). Nessa visão, a política está repleta de vagabundos; os políticos "certos" são uma exceção, e a integridade pouco tem a ver com suas ideologias ou afiliações partidárias. As duas perguntas que mais importam são: esse político é uma pessoa decente? Minha vida melhorou ou piorou nos últimos anos? Essas duas questões organizam uma forma de ver o Estado e a política que, para ele, é mais concreta do que as ideias que as elites intelectuais mobilizam para dar sentido ao terreno do político (democracia, fascismo, socialismo, esquerda, direita...).

Meu avô Joanim, pelo contrário, parece ter sido um observador mais interessado da cena política no Brasil e na Itália de seus pais. Ele ouvia *A voz do Brasil* todas as noites e manteve por anos um quadro de Mussolini na parede da casa rural onde meu pai e seus irmãos cresceram. Para os filhos do Joanim, Mussolini era "o velho na parede".

O quadro ficava lá na sala. Ele adorava aquele velho lá na parede. Inclusive, quando minha família saiu do sítio e viemo pra Jaú, eu e ele tava no Paraná, construindo uma tulha pra armazenar o café. Nós ficamo lá acho que trinta, quarenta dia. Nesse meio de tempo, minha mãe e meus irmão vieram pra Jaú; resolveram mudar pra cidade porque não tinha mais nada no sítio... aí alugaram uma casa aqui. Vieram e na mudança acabaram dando um fim no quadro. Minha mãe não quis trazer aquele velho pendurado na parede — jogou fora. E meu pai ficou muito bravo quando chegou e não viu o quadro do velho. Ele gritava "cadê o Mussolini? cadê o Mussolini?".

Eu soube desta história há poucos anos. Muitos filhos de italianos nesse período tinham uma relação de afeto com a imagem do líder fascista, e não perdoavam a aliança de Vargas com os países Aliados na Segunda Guerra Mundial, depois de anos flertando com o Eixo. Não sei se é esse o caso do meu avô, jamais saberei. Ignoro o que ele sabia sobre Mussolini e sobre o fascismo, e por que motivos aquele velho na parede tinha tanto valor para ele.

Perguntei o que meu pai sabia sobre o Mussolini. *Era um italiano lá. Essas coisa de política eu não sei falar não.*

Quando eu tinha sete anos, meu pai retornou a Jaú com fortes dores no peito. À época, ele trabalhava em Vargem Grande do Sul, cidade no norte do estado de São Paulo. Sua condição era grave. Lembro-me da visita que fizemos a ele no Hospital São Judas de Jaú, próximo ao Ano-Novo de 1993, antes de sua ida para Ribeirão Preto, onde ele passaria por uma delicada cirurgia cardíaca. Meu irmão, minha mãe e eu subimos aquelas rampas de chão emborrachado para encontrá-lo. O hospital tinha paredes amareladas, uma paleta de cores cansadas e úmidas que só os velhos hospitais conseguem produzir com o lento acúmulo de humores de todo tipo. E então uma sala pequena e muito branca para onde meu pai, fraco, de roupão azul, foi levado por uma enfermeira. Eu sabia que aquilo poderia ser uma despedida definitiva.

Ele sobreviveu à cirurgia com imensas cicatrizes, quatro pontes de safena, uma mamária, um arsenal diário de remédios e uma rotina de consultas e exames periódicos que o acompanhariam para sempre. A partir daí, passei a achar, por muitos anos, que eu tinha de ser o guardião da vida dele — um espessamento do que eu sentia desde muito antes, quando jogava fora isqueiros e maços de cigarro enquanto ele não estava olhando. Qualquer exagero na comida me assustava, e ele jamais renunciou às grandes porções de carne, a temperar tudo com muito óleo e sal e a beber aos fins de semana. Vê-lo beber cerveja nas comemorações de família me causava crises de tristeza e uma terrível sensação de impotência. Eu não estava só: eu ecoava e ampliava o medo da minha mãe. O médico que o operou pela primeira vez do coração, ao saber que ele fumava havia décadas (três maços de Hollywood por dia, quase um cigarro acendendo o próximo), sugeriu que ela desse cigarros a ele caso quisesse ficar viúva.

Meu pai voltou a dirigir caminhão um ano depois da cirurgia. A partir dessa época passou a morar em Jaú e a trabalhar como funcionário de uma transportadora de areia e pedra. Pelos vinte anos seguintes, ele trabalhou de segunda a sábado das quatro da manhã às seis da tarde.

Com esse novo trabalho, depois de um ano de abstinência, ele passou a voltar para casa fedendo a cigarro. Minha mãe cheirava as mãos e a roupa de meu pai, eu sentia também de longe e de perto, misturado ao cheiro de suor e de poeira que ele carregava depois de um dia de trabalho. Ele se adiantava sempre às nossas perguntas, dizendo que todos os seus colegas fumavam.

Quase dois anos sem fumar. Entrei naquela firma de puxar areia e na primeira viagem eu comprei um lazarento de um maço de cigarro. Chegava em casa fedendo. "Fiquei perto de não sei quem, ele fuma" — eu falava pra você, pra mãe, pro Jão. Até que um dia você me pegou fumando. Foi o último cigarro que eu pus na boca. Você lembra? Foi no desfile de aniversário de Jaú. O Jão tava desfilando. Fui estacionar o carro e voltei fumando, achei que cês tavam mais pra cima. Nós chegamo em casa, você não parava de chorar ali no sofá, você lembra? E o pai falou: eu já joguei o cigarro fora e eu quero que o diabo me dê o pior lugar do inferno se um dia eu por outro cigarro na boca. Nunca mais fumei nem vou fumar. Mas tem hora que ainda lembro do cigarro, lembro do amaldiçoado...

Ao longo dos últimos meses, pensei inúmeras vezes em Telêmaco, filho de Ulisses, herói homérico, e no filho anônimo de "A terceira margem do rio", o assombroso conto de Guimarães Rosa. Filhos de viajantes, de diferentes tipos de homens que vivem de partir e cuja volta é incerta. Há uma irmandade entre eles, mesmo separados pela distância e pelos séculos entre a Ítaca da Antiguidade e o sertão mineiro às bordas da modernidade. Ambos buscam um pai que está e não está, que por vezes envia sinais sutis e ambíguos, que habita um espaço liminar entre a vida e a morte, entre o ruído das massas humanas e a imensidão misteriosa das águas.

Telêmaco se lança ao mar em busca de um pai que não vê, mas cujas histórias ele recolhe pelo caminho. O filho anônimo à margem do rio aguarda o retorno de um pai que ele pode ver, mas que não diz nada. Esses pais impõem um enigma quase indecifrável, e ambos vivem do desejo e do pavor de que o pai retorne.

Em "A terceira margem do rio", depois do esperado aceno do pai, o filho confessa: "Sofri o grave frio dos medos, adoeci".

É possível de fato retornar à casa depois de travar batalhas, ver seres mágicos, enfrentar a solidão profunda, conhecer o mundo?

Quando eu tinha cinco anos, meu pai me trouxe um cavalinho de plástico em uma de suas passagens pela nossa casa. Antes que ele partisse, coloquei o brinquedo escondido em sua mala de roupas para que ele não se esquecesse de mim.

Aos sete, pedi que meus pais me levassem à biblioteca municipal de Jaú. Não tínhamos livros em casa, a não ser a bíblia, alguns catecismos e livros de orações. No mesmo ano, pedi um globo terrestre de presente. Me interessava pelo mundo e já pensava nele por meio de representações e linguagens distintas das que eu ouvia de meus pais.

Na mesma época, comecei a interpretar Jesus Cristo nas peças teatrais durante as missas de domingo, na capela da Santa Casa de Jaú, onde eu e meu irmão cantávamos no coral infantil e mais tarde fomos coroinhas. Por anos repetia as palavras dos evangelhos, encenava a multiplicação de pães e a cura de doentes, enquanto aprendia a empostar a voz para estar à altura do papel. Essa voz de altar ainda habita a minha fala.

Desde a entrada na escola, fui tratado por professoras, diretores e colegas como um pequeno prodígio acadêmico. Esse reconhecimento ganhava forma em boletins escolares imaculados, prêmios em concursos de redação, viagens a congressos e encontros internacionais, presidência do grêmio escolar e de parlamentos estudantis estaduais, artigos no jornal da escola e da cidade, bolsas de estudo, nome no topo de concursos e vestibulares, diplomas de honra ao mérito.

Em um sonho recorrente na infância, eu guiava meus amigos até a biblioteca de nossa escola para salvá-los de um imenso monstro que atacava a cidade. Na biblioteca estaríamos seguros.

Barthes, também um viajante entre línguas, nota que "a língua nativa do sujeito envelhece — ainda mais porque é sempre a língua da classe de origem dos pais — num ritmo dificilmente percebido, porque o desgaste é cotidiano". Aos treze, eu perco quase por completo o sotaque jauense, com seus Rs tipicamente "caipiras" e seus Ts e Ds cortantes. A língua é também uma casa. De forma consciente ou não, eu tentava abrir estradas rumo a uma outra forma de habitar o mundo enquanto ainda vivia na minha casa de infância.

O fosso biográfico que me separava de meus pais aumentava a cada ano escolar, a cada medalha em olimpíada de matemática ou astronomia e a cada entrevista para jornais e TVs da região, ciosos em noticiar os feitos acadêmicos daquele menino do interior, filho de trabalhadores, aluno de escola pública e depois bolsista.

Mesmo não entendendo completamente o que significava cada uma dessas conquistas, meus pais celebravam sempre mais do que eu. Narravam esses feitos a qualquer pessoa com quem conversassem, em filas de padaria, salas de espera ou em diálogos depois da missa. Minha mãe guardava em uma pasta azul cada uma das reportagens, medalhas e diplomas; meu irmão convivia com as comparações constantes ("qual dos dois é o inteligente?"); meu pai vendia rifas e pedia dinheiro a amigos para ajudar com algumas das minhas viagens.

Levei muito tempo para entender que meu sucesso escolar não era só meu, mas uma espécie de empreendimento familiar.

Vontade de ver

As andorinhas voltaram
E eu também voltei
Trio Parada Dura, "As andorinhas"

Entre os quinze e os 22 anos, meu pai trabalhou em uma oficina de veículos pesados. Vô Joanim levou meu pai até a oficina do seu Ítalo e perguntou se o mecânico italiano teria um emprego para o filho homem mais velho. Seu Ítalo era um homem baixo, teimoso, de braços fortes e o rosto vermelho, um senhor que exalava um cheiro intenso de cachaça e de fumo de corda. Ele ensinou meu pai a consertar motores, soldar latarias de carro, resolver problemas mecânicos, construir esquadrias de metal. Até poucos anos atrás, o portão do terreno onde havia funcionado a oficina era aquele mesmo que meu pai construiu e instalou quando trabalhava ali, e ele nunca deixava de comentar isso quando passávamos em frente.

Meu pai vivia cercado de homens bem mais velhos que ele, seus colegas ou clientes que levavam os tratores e caminhões para consertar na oficina. *Lá tinha mecânico de oito, dez, quinze anos de trabalho que nunca tinha montado um motor. Eu com dois anos já comecei a montar. Fiquei apaixonado pela mecânica.*

Foi ali também que começou a compor seu romance de formação como jovem de uma pequena cidade do interior nos anos 1950. Além de trabalhar, bebia e fumava com aqueles companheiros mais velhos no bar da dona Iolanda, logo em frente à oficina. Foi ali que teve um coma alcoólico que se tornou lenda na família: aos dezessete anos, depois de consertar um imenso motor alemão de uma fábrica de cerâmicas, tarefa que muitos colegas consideravam impossível, ele tomou um porre que o deixou três dias desacordado no hospital. Minha vó Demétria chorava ao lado da cama, certa de que perderia mais um filho.

A oficina do seu Ítalo também era um lugar de ouvir e contar histórias. O velho de sotaque carregado gostava de compartilhar memórias de seu tempo de menino: aparições do diabo na beira de um rio, o som das bombas e dos tiros nos tempos de guerra, lendas da vida rural no sul da Itália.

Meu pai ouvia ali muitos relatos de caminhoneiros. Trabalhadores anônimos, muitos deles de fora da cidade, em passagem rápida por Jaú, que precisavam revisar seus veículos antes de retornarem ao asfalto. Foram eles e suas narrativas que o despertaram para outros mundos e desejos.

Eu era um bom mecânico, aprendia rápido, gostava de consertar motor. Mas quando aparecia algum caminhão pra consertar lá na oficina, os motorista começava a contar das viagem. Eu fui me apaixonando, queria saber como era. Vontade de ver, de conhecer os lugares, saber daquele sofrimento que eles contavam, viver as aventura. E eu fui me aventurando.

Ser caminhoneiro naquele momento era se agarrar à esperança de progredir economicamente como profissional autônomo. A profissão oferecia a promessa de que um homem jovem (quase não havia mulheres no ramo) pudesse se tornar uma espécie de pequeno empresário, sem a necessidade de um diploma de ensino médio ou do apoio financeiro de pais abastados ou do Estado.

Entre os anos 1960 e 1980, poucos motoristas eram empregados em transportadoras. Grande parte dos profissionais dirigiam seus próprios caminhões, em geral parcelados em dezenas de prestações que raramente eram pagas até o fim. Foi o caso do meu pai, motorista autônomo por trinta anos, e sempre ocupado em pagar as prestações da vez. O caminhão envelhecia rapidamente nas rodovias precárias da época; os motoristas tinham que trocá-lo por um veículo mais novo, ou investir em custosas substituições de peças para conseguirem atravessar as grandes distâncias do país em rodovias sem asfalto, repletas de atoleiros, porções de mata virgem, trechos em construção e outros obstáculos.

Conseguir crédito era fácil e as marcas internacionais não paravam de lançar novos modelos. O parque industrial do país se expandia e a demanda por novos modelos de caminhão era crescente, sobretudo nos anos do chamado "milagre econômico", entre finais dos anos 1960 e meados dos 1970. Esse ilusório "milagre" teve o caminhão como sua condição de possibilidade em um país continental, quase desprovido de vias férreas e dotado de um exíguo sistema fluvial para o transporte de cargas.

O vai e vem era esse: carregava em São Paulo e ia pra Boa Vista, descarregava lá e carregava pra Belém, carregava em Belém e ia pra São Luís do Maranhão, carregava em São Luís e ia pra Recife... a gente parava e procurava a próxima carga. Ia fazendo a volta até chegar em São Paulo e depois retornar pra casa. Então toda vez eu saía de Jaú e não sabia quando ia voltar.

"Progresso" era a palavra mágica do governo militar, e ele era medido em quilômetros de novas rodovias, em novas usinas, aeroportos. Progresso era nossa imensa baleia branca sempre em fuga, e os caminhões eram naus lotadas de homens que buscavam sustento, fortuna e aventuras, homens que eram os braços e as rodas a serviço dos planos grandiloquentes de generais e empresários fechados em gabinetes, escritórios, quartéis e porões distantes.

O caminhão não era só instrumento de trabalho, mas um investimento que exigia anos de esforço e empréstimos graúdos. Com trabalho árduo, muitas vezes atravessando noites ao volante e impelido por estimulantes químicos, o motorista esperava quitar o empréstimo da compra de seu caminhão e melhorar a condição financeira de sua família — comprar um terreno para levantar uma casa, colocar mais comida à mesa, comprar móveis novos nas lojas de departamentos que abriam pelo país, ir à praia uma vez ao ano. Com sorte, poderia, quem sabe um dia, trocar seu caminhão por outro mais novo ou maior, ou até mesmo dar entrada em um segundo veículo e então sonhar com uma pequena frota, tornar-se empresário, contratar motoristas para conduzir seus caminhões.

Esse roteiro raramente se realizava. *Dos meus amigos caminhoneiro, só um ficou rico: o Braga. Ele conseguiu montar uma transportadora. Entregava pedra e areia aqui na região. Tinha uns oito, nove caminhão. Mas ele morreu do coração, não devia ter cinquenta anos. Os filho dele conseguiram acabar com tudo que ele juntou. Já não tem mais transportadora, não tem caminhão, não tem nada.*

Os ideais do empreendedorismo não são novidade entre as classes trabalhadoras brasileiras. O "sonho de não ter patrão" sempre andou de mãos dadas com o "sonho da casa própria", e ambos impõem riscos para os trabalhadores: o fantasma da dívida, o flagelo dos juros, a precariedade das redes de proteção social, as sucessivas crises econômicas, a chance real de perder tudo e não ter alternativa. Como autônomo, meu pai pagou por anos a previdência pública para conseguir se aposentar com apenas um salário mínimo, depois de décadas de trabalho fatigante.

Para ganhar todo o frete, os caminhoneiros tinham que entregar a carga no prazo combinado. Eles recebiam dez ou quinze por cento do frete na saída — dinheiro que dava para cobrir os custos com a viagem de ida, quando muito. O restante era pago na entrega e sempre havia o risco de que o recebedor da carga teimasse em negociar o valor inicialmente combinado, fosse por conta de atrasos, avarias ou por puro arbítrio. Meu pai conta que o frete final para viagens longas sempre parecia uma boa quantidade de dinheiro vivo, mas essa sensação inicial rapidamente se dissolvia: os gastos com manutenção não cessavam, sempre havia alguma peça para trocar, o combustível mordia o bolso, as prestações do caminhão nunca terminavam. Sobrava pouco dinheiro para levar para casa.

Quem eram esses homens das estradas? Apesar da importância dos caminhoneiros para a vida econômica do país durante o período da ditadura, as aspirações e os desenganos da vida ao volante encontraram poucas representações nas artes e na indústria cultural brasileira. São poucos os personagens caminhoneiros em novelas, filmes e livros, e esses trabalhadores não chegaram a ocupar um lugar de destaque nas várias imaginações de país que diferentes movimentos artísticos ou políticos formularam no período.

Não se trata de uma questão exclusiva dessa categoria, claro. Essa carência de representações é sintoma das enormes limitações das elites culturais brasileiras em elaborarem imagens do povo que dialoguem com a vida real dos trabalhadores, com seus universos culturais, suas estéticas e suas gramáticas políticas múltiplas. O "povo" geralmente aparece na arte do período como categoria abstrata, ou na fórmula repetida de um "povo pré-revolucionário", aos moldes do marxismo da vez; ou então como manifestações de um "povo folclórico", rural, romântico e pré-moderno. Na maioria dos casos, trabalhadores reais, em sua imensa diversidade, não correspondem em quase nada a esses modelos.

Coube aos gêneros populares elaborar algumas das representações mais significativas sobre a vida dos caminhoneiros. *Jorge, um brasileiro*, livro de 1967, de autoria de Oswaldo França Júnior, chegou a alcançar algum sucesso de público, tendo depois servido de base para o roteiro do filme homônimo dirigido por Paulo Thiago em 1988. Em linguagem bastante novelesca, livro e filme retratam um caminhoneiro de longas distâncias que enfrenta a cobiça dos empregadores e as dificuldades do cotidiano nas estradas.

Mais popular foi a série *Carga pesada*, exibida pela Rede Globo entre 1979 e 1981 e depois refilmada e exibida entre 2003 e 2007. Tanto a versão original quanto a refilmagem narravam as aventuras, amores e desafios da carismática dupla de caminhoneiros Pedro e Bino, interpretados por Antônio Fagundes e Stênio Garcia. Pedro encarna o arquétipo do caminhoneiro como homem livre, destemido, em busca de mulheres e aventuras, enquanto Bino é seu antípoda realista, pé no chão, homem de família, preocupado com as contas e com o futuro.

Mas talvez tenha sido a música sertaneja o gênero que mais contribuiu para a formação de imagens e narrativas sobre a vida dos profissionais do volante. Milionário e José Rico, dupla das mais importantes do gênero, gravaram "Estrada da vida" em 1977, canção que se tornou o maior sucesso da dupla e uma das mais tocadas em programas de rádio dedicados à música sertaneja, como os que serviram de música de fundo para minha infância. Os dois cantores encenam o tipo popular do interior, do homem que "venceu na vida" e que gosta de desfilar seu sucesso econômico, ornamentado com correntes de ouro, chapéu de boiadeiro, casaco de couro, óculos aviador e cinto com imensa fivela dourada.

O nome artístico e a performance da dupla anunciavam uma promessa de prosperidade para aqueles que tivessem coragem de enfrentar os enormes obstáculos do trabalho, da vida, da música e das rodovias. A canção serviu também como mote para o filme *Na estrada da vida*, de 1980, estrelado pela dupla e dirigido por Nelson Pereira dos Santos, um documentário musical e *road movie* sertanejo que registra os cantores em suas viagens pelo Brasil.

Contudo, a letra e a toada triste de "Estrada da vida" parecem desafiar essa estética da prosperidade. Elas anunciam que aquele longo caminho de promessas, da corrida incessante na busca em atingir "o primeiro lugar" chega fatalmente à sua triste conclusão — e as ilusões de progresso se desfazem.

Nesta longa estrada da vida
Vou correndo e não posso parar
Na esperança de ser campeão
Alcançando o primeiro lugar...

Mas o tempo cercou minha estrada
E o cansaço me dominou
Minhas vistas se escureceram
E o final da corrida chegou

Quem se acerca do narrador dessa canção é o tempo, que chega a todos. Ela apresenta uma visão trágica da odisseia da classe trabalhadora, mas sobretudo do caminhoneiro, a partir de quem o drama se anuncia em sua literalidade.

Na canção "Sonho de um caminhoneiro", também de Milionário e José Rico, dois amigos encenam os ideais de uma legião de profissionais dos volantes:

Eram dois amigos inseparáveis
Lutando pela vida e o pão
Levando um sonho de cidade em cidade
De serem donos de seu caminhão

Com muita luta e sacrifício
Para pagar em dia a prestação
Se realizava o sonho finalmente
O empregado passa a ser patrão

Também nesta canção a tragédia se impõe, e desta vez não pelas mãos do tempo, mas de sua abrupta interrupção na forma de um acidente que abrevia a história de um dos caminhoneiros:

Mas o destino cruel e traiçoeiro
Marcou a hora e o lugar
A chuva fina e a pista molhada
Com uma carreta foram se chocar

Morre um dos amigos, quando as prestações do caminhão que compraram em sociedade chegavam perto do fim e a esposa estava grávida do primeiro filho.

Entre os anos 60 e os 90 eu trabalhei no Brasil inteiro, não dá nem pra lembrar todas as obra. Eu levei material lá no Aeroporto Internacional de Manaus... trabalhei tempo lá. Naquela época não tinha estrada. Pra chegar em Manaus tinha que colocar o caminhão numa embarcação em Porto Velho e descer cinco dia o rio. Trabalhei também no Aeroporto Internacional de Guarulhos. Puxei muito material na rodovia Mogi das Cruzes a Bertioga quando tavam abrindo ali, asfaltando. Trabalhei na rodovia dos Imigrantes e também na dos Bandeirantes.

Levei muito material lá em Angra dos Reis quando tavam fazendo a usina nuclear. Ajudei a abrir a Transamazônica: levava material, ficava uns vinte dia, um mês fazendo alguma coisa e voltava. Ajudei a fazer o asfalto da Belém-Brasília, trabalhei ali cinco ano quando ainda era estrada de terra. Lá na usina de Tucuruí também, no Pará. Também levei material em Itaipu. Lá na Serra Pelada, nos anos 70, 80, os caminhoneiro levava material pra eles fazerem o estrago na terra pra tirar o ouro: peça de trator, ferramenta de furar a terra, mercúrio, bomba de tirar água.

Trabalhei em tudo que é lugar bom e em lugar ruim também.

Em finais dos anos 1960 e início dos 1970, o Brasil crescia 8% ao ano, as periferias das cidades se expandiam com favelas e bairros autoconstruídos, algumas delas pontilhadas por conjuntos habitacionais da Cecap, Cohab e por predinhos do BNH. Trabalhadores carregavam nas costas o crescimento da economia para poder pagar prestações de veículos, comprar tijolos e cimento para finalmente construir o quarto dos filhos, ou terminar de pagar um terreno em alguma periferia das cidades que cresciam com trabalho de suas mãos. Aquela classe proletária urbana, sub-remunerada e em frenética expansão desde os anos 1940, tinha que dedicar seus fins de semana e feriados para construir suas próprias casas e as casas de seus amigos e parentes, muitas vezes em mutirões populares e sem apoio de profissionais diplomados ou do poder público.

Artigos de consumo industrializados e atraentes povoavam pela primeira vez o mundo das classes trabalhadoras, um universo feito de açúcar e corante, de plástico e transistores, de metal e gasolina. Promessas coloridas chegavam pelas novelas da Globo, páginas das revistas semanais e fotonovelas, na fantasia dos carros velozes e amores melosos da Jovem Guarda. Sonhos de se tornar classe média que a retórica do "milagre econômico" ajudou a disseminar, naquelas décadas em que a política oficial gerava um aumento vertiginoso da concentração de renda, da dívida pública e da desigualdade urbana.

O dinheiro tem uma vida diferente em cada mundo social em que ele circula. Nas classes populares, existe muito menos pudor em se falar sobre quanto se ganha e se gasta, quanto se paga de aluguel, o valor de automóveis ou quanto um parente deve a agiotas. Um indivíduo pode ter seu valor reconhecido por diversos motivos, é certo, mas um dos mais formidáveis é ser visto como alguém que "venceu na vida" como resultado de trabalho duro, e não pela via da enganação e da roubalheira. A lei fundamental — "não seja um vagabundo" — opera como princípio mestre para a avaliação da riqueza ou dos infortúnios dos outros e de si próprio.

Por anos meu pai me perguntou quanto eu ganhava, quanto pagava de aluguel, quanto havia gastado em uma viagem, na compra de livros ou com um novo aparelho celular. Sempre hesitei em responder. Tinha orgulho em manter essa parte da minha vida privada, longe dos olhos dele e de minha mãe. Minha atitude é radicalmente oposta à maneira como eles tratam as finanças: na casa dos meus pais, dinheiro não é uma abstração, mas um objeto físico presente, que passa de mão em mão, já que eles nunca usaram cartões de débito ou crédito e o pouco que sobra de suas aposentadorias sempre ficou em uma caneca de metal no armário da cozinha, ao alcance de qualquer um de nós que precisasse fazer pequenas compras.

Apenas quando comecei a escrever este livro eu respondi àquela pergunta sobre o quanto ganhava. Não sei exatamente a razão. Talvez porque só então tenha entendido que saber o salário de alguém tinha um sentido muito diferente para mim e para meus pais. *Te pergunto sem nenhum interesse, é por orgulho.*

A palavra "atoleiro" aparece com espantosa frequência nos relatos do meu pai. Atoleiros marcam sua memória das estradas mais do que qualquer outra paisagem.

As estrada, a maioria era chão batido, poeirão, poça de lama. Tinha atoleiro na época de chuva que você às vezes ficava preso cinco, seis, sete dia sem conseguir tirar o caminhão do lugar. A gente andava em cinco ou seis caminhão atrelado, e quando um afundava, que não saía, tinha que amarrar dois ou três caminhão pra tirar esse. Por isso que eu não esqueço. De lugar bonito eu quase não lembro, porque você passa, vê, admira e daí já foi. E um atoleiro, por mais feio que seja, você fica uma semana aí parado, entendeu? Eu colocava um toca-fita lá com os violeiro da época, batia papo com o pessoal pra passar o tempo. Às vezes tinha um botequinho do lado, ficava lá tomando uns golinho. Então eu gravava aquilo, fica na cabeça, você não esquece nunca.

Um espírito pragmático e uma certa inclinação ao minimalismo eram fundamentais para enfrentar os desafios da estrada.

Meu pai até hoje não gosta de enfeites, adornos, excesso. De *frescura*. Para ele, as coisas têm que ser o que são, sem adicionar muitos elementos àquilo que as define.

Aquele tempo lá o normal da gente era andar de bermuda, sem camisa e com um boné na cabeça. Era meu traje de trabalhador. Chinelo no pé, às vezes descalço se tivesse que andar no barro. O sol a gente tinha que se acostumar com ele. A pele era cascuda, grossa. Hoje tô velho, a pele virou um papel, qualquer lugar que eu bato já começa a sangrar.

Penso nessa forma de ordenar as coisas e o próprio trato do corpo como uma estética pragmática que ele ainda segue: plantas ocupam espaço demais dentro de casa, enfeites em cima dos armários juntam pó, ingredientes complicados não são melhores do que alho e cebola, roupa serve para aquecer — então ele fica sem camisa quando está com calor, e não importa se é para se sentar à mesa ou receber visitas.

Muitos caminhoneiros tratam o caminhão como casa ou como extensão do corpo. Com meu pai não era diferente, mas suas decisões de equipagem e decoração dos veículos eram austeras. *Na cabine aquele tempo eu sempre tinha um ventiladorzinho, um rádio toca-fita, umas gravação de sertanejo, do Raul Seixas, do Roberto Carlos, de Secos e Molhados, do Nelson Gonçalves. Porque o rádio quase não pegava naqueles fundão lá... Eu não era muito de ter frase escrita no caminhão. A única frase que eu coloquei no para-choque eu escrevi assim: "Minhas qualidades cobrem os meus defeitos". Era uma frase de uma música daquele tempo, acho que do Roberto Carlos. O Jaques, que era gozador, quando viu a frase me perguntou: "Didi, mas que qualidades?".*

Quando estive na Rússia para uma Olimpíada Estudantil de Astronomia em 2002, tomei um ônibus em direção a um dos observatórios que visitamos, um radiotelescópio construído nos anos 1960. Aquele era um equipamento de uma imensidão misteriosa. Por bastante tempo ele foi um dos mais modernos do mundo, e várias descobertas sobre a radiação de fundo do universo e a composição de estrelas foram feitas ali. Em radiotelescópios como esse, a radiação vinda do espaço é refletida em painéis que formam um vasto círculo, como um estádio oval feito de placas de inclinações ajustáveis. Os raios são então captados por um receptor localizado em um veículo que tem de ser colocado no ponto de captação, a depender de que parte do céu se quer observar e da inclinação dos painéis. Para definir a posição de parada desses carrinhos, os cientistas russos usavam velhas fitas métricas amarelas jogadas no chão, objetos simples, baratos, desses que minha mãe tem em casa e que se encontram em qualquer armarinho. Mas elas servem suficientemente bem para aquele propósito, apesar de não ficarem bem na foto e transmitirem uma sensação de improviso e precariedade em um espaço que, de resto, parece saído de um filme do Tarkóvski.

Logo depois, ao embarcar de novo no ônibus de tempos soviéticos, vi que as saídas de ar quente eram feitas de tubos de PVC cortados. Assim como as fitas métricas jogadas ao chão do radiotelescópio, eles faziam o que era esperado deles. Pensei imediatamente em meu pai, que certamente teria resolvido tais problemas com esse mesmo desdém pela estética que estava na origem do meu espanto. E creio que, se ele tivesse estudado, teria se tornado engenheiro de tipo soviético.

Ele gosta de pratos fundos e usa facas de mesa para separar os dentes dos garfos: fica mais fácil de pegar a comida assim, com os garfos retorcidos feito uma mão espalmada.

Todo caminhoneiro deve ter uma inclinação ao funcionalismo estético. Um caminhoneiro tem que ser um resolvedor de problemas — o que não quer dizer que não aprecie belezas —, mas ele sabe que o mais importante é que as coisas funcionem e, se funcionam, não é necessário ornamentar ou adicionar camadas. Talvez tornar-se classe média seja aprender a adicionar camadas.

Era final dos anos 70. Tempo de chuva, meio de dezembro. Eu descarreguei em Porto Alegre uma carga de castanha que tinha carregado em Belém, e o cara falou assim: "Jaú, eu tenho uma carga de vinho pra levar pra Boa Vista". "E pra quando que é?". "Pro Natal". "Não dá tempo", eu falei, "falta cinco dias pro Natal, daqui lá cê gasta nove, dez dia, ainda mais com esse monte de atoleiro".

Eu tava louco pra descarregar lá em Porto Alegre e vim passar o Natal em casa. Ele encheu tanto o saco, encheu, encheu... e depois ele falou: "Até que cê resolve eu vou carregando o seu caminhão". Aí me enfezei. "Que que tem que levar?". "Garrafão de 25 litro de vinho. É uma carguinha de seis mil quilo", ele falou. O caminhão meu era do ano, em 77 era isso aí; eu tinha posto um molejão cumprido pra ele ficar macio, porque lá no norte era só buraco.

O cara falou "Vai ou não vai?". Eu falei: "Vou, só que vou chegar lá depois do Natal". "Lá tá sem vinho nenhum em Roraima", ele falou, "se você chegar depois do Natal, o frete é tanto, mas se você conseguir chegar na véspera de Natal, eu vou te dar mais tanto. E se até lá quebrar só dez garrafão ou menos, cê ganha mais tanto".

Carregou o vinho. Saí de lá de tarde, atravessei o estado do Rio Grande do Sul, o estado de Santa Catarina. Tava quase amanhecendo o dia, entrei no estado do Paraná. Era umas quatro hora da manhã. Encostei no posto, dormi, acordei era 8 e meia. Eu sabia que eu não ia chegar, não tinha jeito de chegar.

Até aí era estrada de asfalto, era tranquilo. Atravessei o Paraná, entrei no estado de São Paulo, vim almoçar quase aqui perto de Sorocaba. Comi em vinte minuto, montei no caminhão e pau! Aí comecei a pensar e o bicho da vontade me pegou: se eu chegar lá em Cuiabá até de tardezinha, eu acho que ainda vou arriscar chegar pro Natal em Boa Vista.

A estrada engana a gente. Parece que quando precisa, às vezes dá tudo errado, mas às vezes dá tudo certo também.

Eu ia almoçar, abastecer, não tinha ninguém. Outra hora eu pegava um sanduíche e ia comendo no caminho. Dava tudo certo.

Cheguei lá em Cuiabá. Tomei banho, jantei e pensei: eu vou dormir lá em Jangada, que é um lugarzinho que tem sessenta quilômetros pra frente de Cuiabá. Ali já era estrada de terra. Saio de madrugadinha e vou arriscar chegar lá em Boa Vista.

Cheguei em Jangada, dormi e no outro dia saí cedo, toquei, quase cheguei em Porto Velho. Tudo terra, lama, buraco, poça d'água. O perigo era atoleiro lá do Amazonas pra frente. Cheguei quase em Porto Velho, dormi, no outro dia cedo atravessei a balsa em Porto Velho pra ir pra Manaus. Aí cê pegava oitocentos quilômetros de uma estrada que tinha um asfaltinho dessa largura assim ó, cê tinha que ir no meio da estrada, não passava dois caminhão.

Atravessei a última balsa de Manaus, cruzei a cidade e já dormi na boca da saída pra Boa Vista. Dali pra frente tinha seis balsa pra passar. Até no final não tinha mais ponte.

Aí mais pra frente, lá em Roraima já, cheguei no lugar da reserva de índio, que cê tinha que passar em dois ou três caminhão junto. O caminhão que tava na frente esperando era mais leve que o meu, tava quase vazio, andava bem mais do que eu se fosse necessidade. Mas o motorista falou: "Vamo junto ô Jaú, vamo junto, já tô esperando aqui já faz duas hora pra você chegar". Ele nunca nem tinha me visto, sabe? Ele era de Goiânia, ou Anápoles, e falou brincando, pra me apoiar e pra gente tocar junto. Quando terminamo de atravessar a terra dos índio, ele esticou carreira sozinho, e eu segui na minha toada atrás.

Quando foi umas seis e meia, sete hora da tarde, eu encostei no supermercado em Boa Vista. Dia 23 de dezembro.

Era um mercadinho bom, o maiorzinho em Boa Vista. Já no outro dia era véspera do Natal. O dono de lá disse pra eu pôr o caminhão no estacionamento, "Amanhã cedo nós vamo vê o que nós vamo fazer com a sua carga".

Nesse mesmo dia eles pegaram uma perua com alto-falante em cima e ficaram anunciando pela cidade que tinha chegado vinho em Boa Vista. A perua ficou rodando na cidade até meia-noite. No dia seguinte tava assim de gente. Não demorou três hora, o caminhão tava vazio. E só tinha oito garrafão quebrado.

Aí passei o Natal lá, num posto de gasolina. No dia 26 eu fui atrás de uma carguinha pra levar pra Manaus, mas não tinha nada. Fui vazio, mas lá eu carreguei pra Porto Velho e de Porto Velho eu carreguei pra São Paulo. Fiquei uns cinquenta dia na estrada. Sua mãe deve lembrar dessa história, a gente namorava, eu até trouxe pra ela um presente lá de Boa Vista.

Além da forte ética do trabalho, da honra tradicional masculina e do pragmatismo, caminhoneiros dependiam de dois outros recursos preciosos: companheirismo e credibilidade. Poder contar com a confiança de intermediadores, colegas e donos de postos de gasolina era uma moeda de enorme valor, capaz de trazer oportunidades de trabalho e ajudá-los em situações de aperto.

Eu ia levando uma carga de nove mil quilo de feijão pro Acre. Ali no Mato Grosso eu entrei no cerrado, num trecho que não tinha rodovia, então a gente atravessava no mato mesmo. Não deu um quilômetro de cerrado, o caminhão pegou um formigueiro. As formiga come tudo a terra por baixo; por cima parece que tá normal, mas embaixo forma aquele oco. Quando o caminhão bateu nesse formigueiro, ele atolou que até afundou. Nós amarramo três, quatro caminhão na frente do meu e nada, não conseguia tirar. Tivemo que pegar metade da carga que tava no meu caminhão, estendemo um encerado no chão pra não molhar o feijão e pusemo a metade da carga em cima. Aí, só com meia carga, esses quatro caminhão conseguiram me puxar, saí do formigueiro. O que nós precisamo fazer: tocar até chegar na estrada firme, por aquela meia carga que tava em cima do caminhão no chão, voltar pra buscar aquela que eu tinha largado pra trás e voltar encontrar o resto na estrada. Ficamo um dia e meio pra tirar o caminhão do buraco.

Motoristas que faziam com frequência um certo trecho e paravam nos mesmos postos de combustíveis costumavam se conhecer, mesmo que se vissem poucas vezes ao ano e não pudessem se comunicar entre um encontro e outro. Esses conhecidos, amigos do asfalto, avisavam sobre perigos na pista, comentavam sobre outros amigos comuns, compartilhavam oportunidades de trabalho. E, claro, eram também parceiros de bebida e farra. Eles eram o principal apoio para os caminhoneiros lidarem com uma condição essencial de seu trabalho: as longas horas de solidão.

Naquela época era coisa mais difícil que tinha era encontrar os conhecido, era tudo muito longe. Às vezes cê andava um dia inteiro e não encontrava uma alma, um caminhão na estrada pra trocar uma ideia. Mas era gostoso que cada vez que cê conseguia cruzar com um caminhão de um conhecido, a gente parava, ficava aí uns dez, quinze minuto conversando, fazia uma boa amizade.

Era fundamental também ter a confiança dos donos e gerentes dos postos de combustíveis. O posto na beira da rodovia era uma instituição total na vida desses caminhoneiros, ao mesmo tempo restaurante, dormitório, oficina, bar, bordel, banheiro, praça pública, central de comunicações e ponto de negócios. Motoristas experientes criavam relações de crédito com esses proprietários e funcionários, o que permitia que eles abastecessem fiado e só pagassem na viagem de volta, quando já teriam recebido o montante maior do frete.

Em muitos trechos na Amazônia, a distância entre os postos era imensa, o que exigia que os caminhoneiros também carregassem parte de seu combustível. *No trecho pra cima de Boa Vista, cê tinha que sair de São Paulo com um tambor de duzentos litros, além do tanque grande no caminhão. Tinha muita balsa pra atravessar, nessa época quase não tinha ponte, e lá tem rio um atrás do outro. E a gente tinha que andar com machado e facão no caminhão, porque cê sempre encontrava árvores caída na estrada e tinha que cortar e arrastar pra conseguir passar.*

As intermináveis horas eram preenchidas por pilhas de maços de cigarro. Comida gordurosa, embutidos, muito álcool. Noites sem dormir para poder fazer uma viagem a mais. Muitos motoristas tomavam rebite — um tipo de anfetamina bastante comum nas estradas —, além de outras drogas para ficarem acordados. Meu pai jura que nunca tomou rebite, cheirou cocaína, fumou maconha. Não acredito, mas não insisto.

Aquele tempo, pra ir de São Paulo a Belém do Pará, o normal era seis dia de viagem. E o caminhão verdureiro tinha que fazer em três dias, era 72 horas pra ele sair do Ceasa em São Paulo e chegar no mercado central de Belém, senão tudo estragava. Eles ia direto, direto no rebite, três dia e três noite sem dormir. E muitas vezes não conseguia chegar porque a estrada era braba.

O rádio alto para não pegarem no sono: *Tinha um trecho da Transamazônica que era um retão de quase quinhentos quilômetros de mata fechada, um túnel de floresta sem nenhum posto, nenhum vilarejo, sem nada no caminho. O meu maior medo era dormir, virar o caminhão, e eu deixava o rádio ligado alto e cantava junto, dava uns berro pra não dormir, pra não tombar, não bater numa árvore.*

O mais difícil longe da família era em época comemorativa, Natal, Páscoa, que é as datas que a gente se reúne, se encontra. Minha família sempre foi grande, nas festa juntava todo mundo na casa do vô e da vó, e depois tive vocês. Por mais que cê queira descontrair, sempre vem aquele pensamento que lembra que a gente tá longe, e que a família tá em casa. Não tinha outro jeito, tinha que entristecer e acostumar. Aí eu ligava o radinho na cabine, escutava alguma musiquinha que mexia comigo, me trazia a lembrança dos filhos e da esposa, e aí vinha a emoção, vinha a saudade e eu ia tocando o caminhão, até que chegava. Essa foi a vida.

Caminhoneiros da geração do meu pai tiveram seus corpos marcados pelos jogos, desafios e vícios daquele mundo. Muitos deles foram acometidos ainda jovens pelos mais diversos males cardíacos, vasculares, ortopédicos, hepáticos. *O Dito? Alcoólatra de tudo, vive por aí jogado, já quase morreu de cirrose umas três vez. O Valdir perdeu os dois pé por causa da diabetes quando ainda era novo. O Aristeu foi derrame, tá inválido numa cama faz tempo. E o Zelão morreu também, sei lá do quê, mas morreu novo ele.*

Meu pai: infarto aos 48, quatro pontes de safena, uma mamária, vários cateterismos. Uma apendicite aos 52 anos, a remoção da vesícula décadas antes. Vinte e sete comprimidos espalhados ao longo do dia — sua extensa farmacopeia, como nomeia Barthes a essas próteses químicas que acompanham o corpo doente aonde quer que ele vá. Sua farmácia ambulante confunde enfermeiros que têm que se adaptar a esse regime draconiano durante suas internações (com frequência eles desistem e pedem que eu ou meu irmão administremos os comprimidos, ferindo o protocolo pelo qual eles devem zelar, mas aumentando as chances de que meu pai seja medicado de forma apropriada).

Uma crise grave de malária por volta dos trinta anos: *Vim tremendo de febre de Rondônia até Jaú, aplicando eu mesmo a injeção que o farmacêutico de Porto Velho tinha me vendido. Cortei um pedaço de câmara de ar de caminhão, que era pra fazer aquele garrote, e aplicava eu mesmo. Em Jaú me internaram, faziam tudo que é exame e davam remédio, e eu não melhorava. Eles não sabiam tratar malária aqui em São Paulo. Fiquei nove, dez dias lá. Eu tava fraco, pra morrer, e queriam me abrir pra ver o que era, mas eu não deixei me operar, fugi do hospital no meio da noite. Naquela época demorava dias pro exame chegar, mas depois confirmaram que era malária. Me deram transfusão de sangue, me medicaram e eu fui melhorando.*

A pele da nuca mostra sinais de tumores a serem removidos algum dia. Em 2015, mais um "infartinho", diz o cardiologista, que rendeu a ele mais três stents. Sobrou em seu coração uma artéria que segue parcialmente bloqueada — os médicos decidiram não operar, pois o risco é altíssimo. A perna de onde foram retiradas artérias para sua cirurgia cardíaca é acometida de terríveis cãibras que o acordam várias vezes na noite.

Os cotovelos e ombros doem, a gota incha seus pés, a perna esquerda às vezes não o obedece. Duas imensas hérnias adornam seu abdome. Uma estranha sensação de choque atravessa seu nariz e sua testa de pouco em pouco. Só com o segundo infarto ele aceitou se aposentar a contragosto, aos 72 anos. E agora, o câncer.

Entre os saberes que meu pai adquiriu nos seus cinquenta anos de estrada está uma notável habilidade em organizar cargas e volumes. Cargas mal distribuídas na carroceria do caminhão podem levar a tragédias. Meu pai conta de um acidente que ele presenciou no oeste do Pará: *Fui o primeiro a chegar na cena do acidente. O caminhoneiro de tora deve ter dormido e bateu de frente com o ônibus numa ladeira. As toras devia tá mal amarrada, então uma saiu de cima da carroceria, arrancou a cabine do caminhão, entrou por dentro do ônibus e saiu lá na traseira. Tinha 51 pessoas no ônibus. Dava pra sentir o quente do sangue escorrendo no asfalto. Aquele tempo passava um ônibus por dia por ali, ou a cada dois dias, então vinha gente até em cima do bagageiro. Foi aonde que aconteceu a tragédia e só sobrou um passageiro vivo. Esse cara que não morreu ficou louco, passou a vida morando num posto ali perto; as pessoas ajudavam ele, ele às vezes varria o pátio do posto, às vezes não fazia nada. E os morador da região fincaram umas cinquenta cruz branca na beira da estrada no ponto do acidente. Quando fui com a sua mãe pro Pará, nas núpcias, eu cheguei a tirar uma foto dessas cruz, mas ela jogou fora, ela não gostava.*

É preciso, então, saber organizar as coisas no seu lugar. As demandas das cargas conferiram a ele algo como um doutorado honoris causa em geometria aplicada. Encher um mero carrinho de supermercado na frente do meu pai é uma tarefa ingrata, já que qualquer tentativa de organização está sempre aquém das expectativas cartesianas que ele impõe, como se a divisão daquele espaço entre caixas de leite, ovos, legumes e produtos de limpeza fosse uma questão da mais alta importância para o destino da humanidade.

A doença, logo aprendemos, não respeita qualquer geometria. Ela desafia nossa capacidade mental de visualizar os caminhos pelos quais navegam fluidos, de mapear a sobreposição dos órgãos, de imaginar as dobras internas e compreender os limites do tumor.

No computador, o urologista nos mostra uma massa imensa, "três vezes maior que o normal", que pressiona os intestinos e já invade a bexiga. A próstata colossal esmagava a uretra, impedindo que a urina chegasse ao destino natural. Mais uma cirurgia se impõe, uma "raspagem de próstata". O procedimento não corrige a bexiga, que se tornou a esta altura um órgão musculoso graças aos anos de treinamento involuntário para vencer os bloqueios impostos pela próstata. Meu pai passa da fatal incapacidade de urinar para a incontinência, resultado insatisfatório para uma complexa engenharia de bombas, reservatórios, canais e fluidos em seu baixo corpo.

Esse corpo teimosamente antieuclidiano ganha novas dobras, orifícios, cavidades, rugas. Formas carcomidas pelo tempo ou moldadas pelas mãos de cirurgiões. Em seu corpo doente, essas vias sinuosas, as vesículas flácidas e a matéria avermelhada se estendem para fora do corpo, se ligam a bolsas, canais e sondas, apêndices industriais que, moldados por nossas limitadas inteligências cartesianas, parecem tão estranhos quando acoplados ao orgânico e sinuoso do corpo. Adesivos quadrados, bolsas com fechos herméticos, ventosas emborrachadas, tentativas sintéticas de dar ordem àquilo que é visceral, escatológico, próprio dessa dimensão viscosa do humano que nos é tão familiar mas que escapa à nossa capacidade de bem dizer. Como se a palavra só pudesse surgir quando aceitássemos a farsa de que não somos intestinos, uretras, próstatas, urina, pele, pelos e merda, como se a civilização só passasse a existir quando escondemos essas dobras e matérias proibidas que nos põem de frente à nossa condição última de animais.

Do tornozelo até a virilha esquerda, meu pai tem as marcas da retirada de vasos sanguíneos para remendar o coração e das incisões dos vários cateterismos. No abdome, cicatrizes da cirurgia de amputação de apêndice, e o estoma cor de carne cercado pela hérnia medonha; uma imensa cicatriz rosada no meio da barriga deixada por uma cirurgia de vesícula de décadas atrás. Uma outra marca branca e fina divide seu peito. Ele lembra das outras marcas, invisíveis a observadores externos: a operação da fimose, duas cirurgias de catarata e o trajeto interno da raspagem da próstata. Dos pés à garganta, as cicatrizes desenham o eixo vertical de seu corpo, um meridiano que o corta ao meio como uma estrada rasgada na pele.

Nestor

A pessoa que eu mais viajei junto foi um motorista aqui de Jaú, meu amigo Nestor. O que precisava na estrada ele me ajudava, eu ajudava ele. Ele foi muito companheiro dos primeiro ano de viagem, quando eu tava aprendendo a profissão e conhecendo o país. A gente descobriu muito caminho viajando junto.

Faleceu novo, coitado. Não tinha cinquenta ano. Já tem tempo que ele foi embora. Não sei de que doença que ele morreu não. Ele era meio complicado com coisa de saúde, tava sempre ruim. Só sei que ele morreu cedo demais.

Foi com ele que eu vi o ET no norte do Mato Grosso, lá em cima, quase na fronteira com Rondônia.

Aquela rodovia não tinha movimento, tava muito escuro. Era uma noite sem lua e não tinha iluminação nenhuma na estrada, nenhuma cidade no caminho. Cada um num caminhão, eu e o Nestor.

Quando tava no meio do trajeto, a gente começou a ver quatro luzinha vermelha andando, no meio da mata, beirando a estrada, como se fosse as luz de um avião quando ele tá fazendo a curva no alto. Só que as luz tava bem baixa, perto da gente, e ia na mesma velocidade. Elas tavam acompanhando a gente.

Eu e o Nestor vimo aquilo. Meu caminhão ia na frente. Andamo meia hora, quarenta minuto. Pareei o caminhão com ele e falei: "Nestor, cê tá vendo?". "Tô, tô vendo faz tempo, até ia dar um sinal de luz pra você parar." "Mas que será que é? Que será que não é?" Bom, seja o que Deus quiser, fomo embora.

Tocamo mais um pedaço até quase chegar numa torre da Embratel ali na frente. Mas antes de chegar lá, essas quatro luz atravessou a estrada por cima de nós. Elas cruzou a estrada e ficou mais ou menos uns cem metro da rodovia. A mesma distância que ela vinha pelo lado direito, elas cruzou e passou pro lado esquerdo da gente. E parou. Nessa altura, o Nestor tava na frente, eu parei uns vinte metro atrás dele no caminhão.

E descemo, ficamo olhando. Nessa hora que a gente parou não era mais só as luz: fazia também um barulho, que nem um vento muito forte, como se fosse o barulho de um motor de máquina de solda.

"Meu Deus, o que será que é? O que será que não é?"

A gente ficou parado ali olhando pras luz, conversando entre nós, assustado. E foi aí que nós vimo um vulto saindo das luz e vindo pro nosso lado.

"Olha o vulto! Tá vendo, tá vendo o vulto, Nestor?"

Parecia um homem com uma capa comprida que vinha vindo na nossa direção. O Nestor pulou no caminhão dele e "vambora, vambora". Já pulou e saiu, o caminhão dele tava ali do lado, mas pra eu correr esses vinte metro até meu caminhão, rapaz... Parecia que fazia um dia que tava correndo e não chegava. Pra mim que aquele bicho ia me pegar, que ia me levar embora.

Saímo disparado com os caminhão. Essa luz andou mais um pedaço atrás de nós e sumiu. Apagou e nunca mais vimo... Nem o vulto, nem a luz, nem o barulho. Acabou em nada.

*

Chegamo lá no vilarejo perto da torre umas três e meia da manhã. Paramo os caminhão, dormimo.

A gente descobriu ali que aquele trecho tinha fama de mal-assombrado.

No dia seguinte falamo com um cara do bar ali perto, e ele contou que naquela rodovia tinha morrido muita gente de acidente de carro, de ônibus... Tinha até as cruz lá na beira da estrada. Um japonês ia indo com a família, aí bateu e morreu ele, a mulher e uma criança — tinha acontecido fazia pouco tempo.

Ele disse que esse trecho tinha espírito que aparecia pra assombrar os motorista. Mas eu não acho não. Não tinha nada de mal--assombrado, não era fantasma aquilo ali não.

O que eu vi, o que eu não vi, eu não sei.

Depois eu conversei muito com pessoas que entende e eles acham que era um extraterrestre. Inclusive, quem falou pra mim e confirmou que era um ET foi o padre Luiz. Eu contei a história pra ele do jeito que tô te contando e ele falou "pode ter certeza que era um extraterrestre que tava perseguindo vocês".

Pena que meu amigo Nestor já morreu. Senão ele ia confirmar essa história igualzinho eu tô contando.

Foi o Nestor que me ensinou a fazer churrasco de escapamento. Em cima do escapamento do caminhão tem uma placa que chega a ficar vermelha de quente. É dentro do motor isso, não nos cano que escapam a fumaça pra fora. É uma peça acoplada no motor, de ferro fundido, côncava, que dá pra pôr um quilo, dois quilo de carne. Você amarrava uma peça de carne ali de manhã, quando parava meio--dia pra almoçar o churrasco tava pronto. É uma delícia, uma delícia. Ou então fazia a comida no almoço e enchia uma marmitinha de comida que era pra comer na janta, mas pra não precisar acender fogo a noite, a gente abria o capô do caminhão, pegava aquela marmita, colocava ela ali em cima do escapamento que ainda tava quente quando a gente parava no fim do dia. Aí dava pra ir tomar banho no posto, tomava uma pinguinha, voltava ali pra pegar a marmita, e ela tava quentinha. Essa foi a vida.

Ele começou a dirigir primeiro que eu, ele era um pouco mais velho, o Nestor. O tio Nerso morreu, Nestor morreu, o Jaques morreu. O Laércio também, morreu de tanto beber. Ele bebia em casa, no bar, no caminhão. Bebia, bebia, bebia.

Acho que daquela leva de amigo meu deve ter sobrado só eu e mais uns dois.

Mata e mata

Eu quero meu teatro de ópera! Eu quero meu teatro de ópera! Esta igreja não abre até que esta cidade tenha um teatro de ópera!
Werner Herzog, *Fitzcarraldo*

Às três da tarde de 19 de agosto de 2019, já não era possível ver a luz do sol em São Paulo. Eu discutia com meus alunos *O 18 Brumário de Luís Bonaparte* — o ensaio clássico em que Karl Marx analisa como diferentes grupos populares e elites reacionárias foram mobilizadas por um líder, até então visto como estúpido e vulgar, para estabelecer um governo autoritário na França em dezembro de 1851. É no início desse livro que Marx apresenta a célebre ideia de que todos os fatos e personagens da história são encenados duas vezes, "a primeira como tragédia, a segunda como farsa".

Se Marx estivesse ali e quisesse ilustrar sua tese sobre a repetição na história, ele poderia pedir que os alunos olhassem para fora da janela: uma nuvem escura e suja tomava de assalto o céu de São Paulo. Como o anjo da história benjaminiano, o monstro cinza nos convidava a olhar para os escombros do passado e para a estúpida insistência em reencenar nossa catástrofe em formas cada vez mais trágicas. Aquele cobertor sombrio era a encarnação exageradamente didática do nosso presente funesto e da nossa história de devastação. Resultado de uma temporada de criminosos incêndios na Amazônia e no

Centro-Oeste, a nuvem condensava alegoricamente a acelerada destruição das florestas, os crimes socioambientais que só aumentam, mares de rejeitos levando vilas inteiras, o envenenamento por mercúrio dos povos indígenas amazônicos e uma eleição presidencial que transformou toda forma de tragédia em motivo de celebração.

No céu cinza de São Paulo, a tragédia do passado se unia à farsa autoritária do presente e apontava para um futuro de ruínas.

As primeiras memórias que tenho da Floresta Amazônica, dos seus rios e estradas, de indígenas e ribeirinhos, vêm das histórias do meu pai. Narrativas de suas viagens pela região ajudaram a compor meu vocabulário infantil, minha geografia sentimental, a mitologia de um pai viajante e de um país que parecia infinito.

Pra dirigir caminhão na Amazônia, na época que tavam abrindo aquilo ali, tinha que ser os aventureiro. Restaurante, mercado quase não existia, só aquelas vendinha de beira de estrada. A comida mais forte que eles tinham lá era farinha de mandioca. E peixe tinha à vontade, peixe seco, peixe de todo tipo. Tinha muita caça do mato. Paca, tatu, cotia, veado, carne de sucuri, essas coisera que a gente se alimentava. Na própria companhia que tava abrindo a estrada tinha a equipe de caçador que era pra arrumar comida pra gente comer e poder trabalhar. Essa época tava começando a chegar muita gente do Sul, do Mato Grosso, do Nordeste, mas aumentou muito depois da rodovia pronta. Aí você via mesmo chegar gente.

A rodovia Transamazônica (BR-230), projeto megalomaníaco de conectar por terra os oceanos Atlântico e Pacífico, prometia elevar o país a uma posição de grandeza naquele início dos anos 1970. A via de mais de quatro mil quilômetros no sentido leste-oeste atravessaria seis estados, do Atlântico nordestino à fronteira com o Peru, com a promessa de ser o grande corredor por onde chegariam trabalhadores nordestinos e de onde sairia madeira, ouro, gado e produtos agrícolas cultivados em terra de floresta desmatada.

Quando eu era criança, pensava na Transamazônica como "a rodovia do meu pai".

A construção de imensas obras de infraestrutura tomou fôlego nos primeiros anos da década de 1970, o período mais sangrento da ditadura, então sob comando do general Médici. O governo anunciava a Transamazônica como realização miraculosa da engenharia nacional que garantiria a ocupação da região Norte de acordo com a Doutrina de Segurança Nacional, promovendo o desenvolvimento acelerado do país, a proteção contra invasores estrangeiros e a solução para a pobreza e para as tensões rurais no Nordeste.

Na linguagem do período, a obra faraônica ligaria os "homens sem terra" do Nordeste à "terra sem homens" da floresta. Era preciso ocupar, penetrar o "inferno verde", "integrar para não entregar". Médici descrevia a construção da rodovia como "a maior aventura vivida por um povo na face da Terra". Na inauguração de um dos trechos da obra em 1972, o ministro dos transportes de então, Mário Andreazza, professou: "Povoa-se, enfim, a Amazônia. Amplia-se o Brasil. A pátria tem mais grandeza. E seus filhos, mais confiança em seus próprios destinos".

As rodovias foram a ponta de lança dessa agressiva empreitada, e meu pai um dos milhares de trabalhadores ocupados em sua construção. Ele transportou pedra, areia, cascalho, mantimentos e itens básicos para os trabalhadores da construção e para os militares que acompanhavam as obras. Muitas vezes foi contratado para levar soldados do Exército em sua carroceria. A triste ópera do progresso naquela Amazônia arrasada era encenada por motosserras e metralhadoras, grileiros e jagunços, soldados e jovens prostitutas, caminhoneiros e pequenos agricultores em busca de terra e trabalho, trabalhadores de empreiteiras, gente pobre de lá e de outros cantos, as várias faces de nossos condenados da terra a serviço dos "grandes negócios da nação".

No final dos anos 60 já tinha muita serraria, mas depois da abertura de mais estrada é que o negócio da madeira explodiu mesmo. Quando eu viajava pelo Acre nos anos 60, 70, você só via comboio de toreiro, que eram os caminhão que puxava tora. Não tinha essa conversa de preservar floresta, não escutava isso aí não. Cerejeira, mogno, castanheira... Naqueles igarapé cê contava duzentas tora boiando, uma amarrada na outra; elas ia flutuando no rio até chegar nos lugares que dá pra transportar pra cima de caminhão.

Aos trabalhadores atraídos por essas fronteiras em expansão, a derrubada da floresta era vendida como caminho inevitável para o progresso coletivo e para uma vida digna. Muitos deles acabaram se instalando ali, como pequenos peões no processo de desmatamento e ocupação de terras públicas; outros formaram as periferias das cidades em início de expansão, núcleos urbanos empobrecidos, cujas economias se sustentam até hoje em atividades de exploração predatórias da floresta, no garimpo e em longas cadeias de atividades à margem da lei.

Por toda vila onde a gente passava tinha serraria na beira das rodovia. A gente carregava muita tora de madeira de lei. O meu irmão Nerso quase só trazia madeira de lá pra cá; eu trouxe algumas vezes também. Eu já achava que aquilo era destruição. Eu tinha uma ideia de que não era coisa boa, mas na época ninguém falava nisso, achavam que a floresta não ia acabar nunca. Era tudo incentivado e a gente tinha que sobreviver.

Meu pai cruzou a região do Araguaia dezenas de vezes no início dos anos 1970. Ali, entre o sudeste do Pará e Tocantins, a ditadura perseguia jovens revolucionários e camponeses locais num dos capítulos mais sangrentos da ditadura militar brasileira. Inspirados pelas Revoluções Cubana e Chinesa, esses jovens militantes vinham em sua maioria do Sul e do Sudeste do país. Os camponeses os chamavam de "paulistas" ou de "estudantes".

Aquela era uma região de pequenos agricultores, em sua maioria migrantes pobres da região Nordeste, instalados ali para fugir da miséria e da opressão no campo. Em seus locais de origem, os inimigos eram a "seca e a cerca". Otávio Velho, em seu clássico estudo sobre as frentes de expansão na Amazônia dos anos 1950 e 1960, aponta como essa grande massa de camponeses pobres e sem-terra enxergava na mobilidade geográfica a chance de escapar do que eles chamavam de "cativeiro": o trabalho em que não se recebia quase nada em troca, sob o mando político dos donos de terra da região Nordeste e do Brasil Central. Essa condição remetia ao cativeiro da escravidão e a suas sobrevivências materiais e simbólicas na vida dessas populações.

Na Amazônia, os forasteiros fundaram vilas e cidades com nomes bíblicos, uma sucessão de Canaãs, Terras Prometidas, Novas Jerusaléns. A maioria desses migrantes nordestinos nos anos 1960 e início dos 1970 se assentava nesses territórios sem auxílio do governo ou de qualquer outro patrocinador. Isso mudaria em parte nos anos seguintes, quando o governo federal criou alguns programas oficiais de "colonização" que atraíram novas levas de migrantes rurais, muitos deles do Sul, seduzidos por uma série de benefícios e incentivos fiscais.

A guerrilha do Araguaia, nos entornos da Transamazônica recém-aberta, foi um dos palcos do teatro sádico da ditadura, insuflada pelo Ato Institucional nº 5, de 1968. Dos cerca de oitenta guerrilheiros, apenas duas dezenas sobreviveram à incursão de milhares de soldados em sucessivas ofensivas militares entre 1972 e 1974.

Muitos dos agricultores locais do Araguaia, sem nenhuma conexão política com os jovens opositores do regime, foram vítimas da mesma violência. Testemunhas dessa brutalidade oficial atestam que a eletricidade chegou ali na forma dos fios desencapados usados pelos militares em suas sessões de tortura.

Caminhoneiros conviviam com militares nessas frentes de expansão. Nos encontros cotidianos, a camaradagem por vezes dava lugar ao confronto, e nem sempre a autoridade estava do lado de lá.

Nós vinha vindo carregado de Porto Velho pra São Paulo. Chegamo em Pimenta Bueno, lá em Rondônia, e tava interditada a estrada. O atoleiro era tão grande dali pra frente que não passava ninguém, nem o jipe do Exército tava andando por lá. Os soldado colocaram duas máquina de atravessado na estrada de terra, e tinha uma fila enorme de caminhão querendo passar. Eu tava em quinto lugar na fila.

Chovia dia e noite enquanto a gente tava ali. Não parava.

Aquela fila de caminhão ficou travada quatro dia. Tinha mais de cem caminhão. Chegou o quinto dia e o que nós decidimo?

Amanhã nós vamo atravessar. Não tinha outro jeito. A maior parte concordou. Tinha só dois soldados nesse posto e dois trator de atravessado lá na pista. Mas não tinha como passar com as máquina lá.

Aí teve um motorista, o Paulão, que falou pra mim: "Se eu tirar a máquina, cê passa Jaú?". Eu falei que passava.

Ele foi lá, tirou um dos trator do meio do caminho. E nisso passou eu, o Joel, o Jaques, o Bastião, o Catarina e o Goiânia. Seis caminhão que passamo.

Aí que formou confusão.

Um dos soldado pulou em cima do caminhão e colocou o revólver na minha cabeça. "Para senão eu te mato! Para senão eu te mato!". E eu falei: "Não mata nada, você não tem coragem pra isso, olha a quantidade de caminhoneiro aí atrás de mim". E ele não atirou. Pulou do caminhão e ficou na estrada vendo os companheiro passar. E passamo.

Nós trabalhamo quatro dia e quatro noite sem parar, até nós atravessar os cinquenta quilômetro de atoleiro que tinha.

Mas nessa, eu falava pros cinco companheiro que tinha atravessado na frente: "Vamo tá pronto, porque a hora que a gente chegar na Vila Rondon a borracha vai comer pro nosso lado; pode se preparar pra apanhar, pra ser preso e até coisa pior". Lá tinha um outro acampamento do Exército. Atravessamo o atoleiro, chegamo lá. O comandante daquele posto militar perguntou com aquela vozona de bravo: "Era isso que vocês tavam querendo?". Falei, "Como que os soldado do posto não tava fazendo nada, nós decidimo encarar e fazer. A gente sabe dirigir em atoleiro. Onde que tem buraco nós pega balde, enche de pedra, fecha o buraco e passa. Um caminhão puxa o outro se precisar. A vontade nossa é só isso, então nós atravessamo o atoleiro e tamo pronto pra seguir a viagem". Ele falou: "Então vão com Deus e Deus abençoe, tenham sempre essa coragem de trabalhar".

Aí nós cinco batemo palma de alegria e de alívio, né, porque eu achava que a gente ia ficar por ali mesmo, que eles iam dar sumiço na gente...

Zé, você sempre fala que é de esquerda, mas que que é isso? — me perguntou ele recentemente, ao me ouvir xingar algum político na TV.

Mesmo tendo vivido anos de sua vida nos colossais canteiros que serviam como cartão-postal do regime autoritário, meu pai pouco fala em ditadura. Essa é uma palavra ausente nas várias horas de nossas conversas, como se ela lhe tivesse sido negada de alguma forma.

Não consigo nomear com meu vocabulário acadêmico esse Brasil que emerge de suas histórias. Quase nada nas palavras do meu pai remete às narrativas críticas ao regime autoritário registradas nos livros que li como estudante, pesquisador e professor. Seu discurso também não se alinha a um pensamento ufanista, ao elogio reacionário ao regime comandado por militares. Me atrapalho quando tento revestir suas falas com o glossário do debate político ilustrado e progressista com que estou acostumado.

Esses relatos críticos não chegaram até ele de forma que fizessem sentido, que iluminassem suas experiências e sugerissem outras formas de contar sua história e a história de seu país. Quando se lembra das empreiteiras que apoiavam o regime militar, ele comenta das máquinas imensas que abriam vincos colossais nas serras litorâneas, ou das vezes em que encontrou o *seu Camargo Correa, que era jauense também,* vistoriando obras e praguejando contra os desperdícios de peças que via jogadas pelo chão. Se fala dos militares, ele está tratando de sujeitos concretos que ele encontrou em algum canto do país, como os soldados que transportou em sua carroceria até Santarém no início dos anos 1970, num trecho ainda mal aberto de estrada que lhe custou dias de viagem.

Às vezes ele se lembra que *um tempo atrás a gente tinha até medo de falar a palavra presidente*. Mas ele não sabe dizer de onde vinha esse medo e nem tira grandes conclusões dele. Nas histórias do meu pai, não aparece nenhum Marighella, nenhum Golbery, e as batalhas que ele presenciou não aconteceram na rua Maria Antônia ou na Cinelândia.

Essas coisas de tortura, de repressão, a gente até ouvia falar de vez em quando, mas na estrada eu nunca vi nada disso. Quando pergunto se ele se lembra de propagandas da ditadura sobre a Transamazônica, a "colonização" da região Norte, sobre como os militares prometiam levar "progresso" para essas regiões, sobre a guerrilha do Araguaia ou outros episódios de resistência ao regime, suas respostas são sempre breves: *Disso eu não sei falar.* Ou então: *Não tô lembrado disso não.*

A Amazônia segue como um enorme desconhecido no restante do país, um Congo Belga interno a serviço das fantasias perversas de um rei Leopoldo urbano e litorâneo. A região é a grande vítima física e simbólica dessa espécie de orientalismo à brasileira, e a Transamazônica, uma das canhestras tentativas de realizar o sonho secular de "colonizar" a imensa floresta, junto de diversos outros arremedos de colonização: o ciclo da borracha no século 19, a ferrovia Madeira-Mamoré no início do século 20, a rodovia Belém-Brasília nos anos 1950, a predação sem fim do presente.

Flávio Gomes, jornalista convidado pelo governo militar para acompanhar as obras, ilustra essa imaginação militar-orientalista incitada pela rodovia: "Ali, em pleno coração da selva, um país até há pouco muito pobre está conseguindo implantar uma civilização. Uma nova fronteira está sendo aberta, com pioneirismo, com fé e — o que é mais importante — com alegria e bom humor. E há de ser para sempre uma fronteira sólida e definitiva, a firmar a nossa soberania num outro Brasil, que até há pouco só existia no mapa e na cobiça dos estrangeiros. A lição que aprendemos e me encheu de orgulho e de patriotismo e me convenceu que, de fato, o velho Médici tem razão — e que ninguém segura este país".

Sob o olhar do colonizador, a Amazônia e seus povos são o coração das trevas, e a rodovia é o rio por onde pode escorrer a civilização (e os lucros). A floresta e seus povos se convertem em obstáculos em uma marcha fúnebre do progresso tocada por tratores, caminhões, bois, motosserras, pólvora. Como pressagiou Heidegger, "a usina hidrelétrica não está instalada no Reno, como a velha ponte de madeira que, durante séculos, ligava uma margem à outra. A situação se inverteu. Agora é o rio que está instalado na usina". A floresta está instalada na rodovia, esse monumento vivo de nossas catástrofes.

Uma propaganda do governo militar em 1971 incentivava a migração de pecuaristas para a Amazônia, com a promessa de subsídios públicos e de terras sem fim. A chamada principal era "toque sua boiada para o maior pasto do mundo".

Pra fazer as estradas eles derrubavam com motosserra, empurravam as árvores com as máquinas de esteira dos lados e ia formando aquele trilho. Cada cinco, seis quilômetro tinha um riozinho, um igarapé. Um atrás do outro. A gente passava por dentro da água e saía do outro lado. Em muitos já tinha umas pinguela: eles jogavam umas toras reforçada, parafusava uma na outra. Arriscando passar por cima você ia do outro lado. A gente levava de tudo, material pra construção, mas também carga de empresa: máquina de escrever, cadeira, papelada, comida seca, papel higiênico, de tudo. Tinha época que o retorno era quase tudo carga de madeira, né? Pra São Paulo, pro Rio, pra Campinas, pro porto de Santos, pra onde a serraria mandava, você ia. Madeira de lei, pra fazer móveis. Conseguiram já destruir tudo lá. Só tem pasto.

Lembro-me de Drummond, outro narrador de nosso colapso. Em sua obra, desfilam as imensas máquinas de ferro que arrasavam os entornos da Itabira de sua infância. Drummond faz poesia da matéria concreta das montanhas das Minas Gerais, daqueles morros que partiam "no trem-monstro de 5 locomotivas", deixando no corpo e na paisagem o estúpido pó de minério. Nossa história do desenvolvimento, um acúmulo continental de pasto e pó.

Grande parte daquela rodovia transformou-se em um corredor de lama por onde transitam madeira e minérios, além de soja, eucalipto, boi, produtos contrabandeados, entorpecentes.

A partir das rodovias, colonos e fazendeiros abrem vias menores que penetram cada vez mais na floresta, formando uma estrutura na forma de espinha de peixe que amplia mata adentro a região de desmatamento produzida pela construção da estrada. As picadas e vicinais em contínua expansão invadem unidades de conservação, terras devolutas e territórios indígenas e quilombolas que deveriam gozar da proteção do poder público. Esse sistema de grandes e pequenas vias rodoviárias são os corredores da derrubada e da queima da maior floresta tropical do mundo, o maior celeiro de biodiversidade do planeta e um dos principais garantidores da regulação climática do globo. São Felix do Xingu, no sul do Pará, é hoje a cidade do país que mais emite gases de efeito estufa por conta do desmatamento e da pecuária extensiva. Sozinha, a cidade cravada no meio da Amazônia contribui mais para o aquecimento global do que o Chile inteiro.

O roteiro da destruição é recorrente: primeiro costuma acontecer o corte de árvores de madeiras nobres. A isso se segue a derrubada mais ampla da mata e queimadas para a formação de pastos para criação extensiva de gado. A presença dos bois ou de culturas agrícolas de baixa produtividade favorece a grilagem de terras, ou beneficia os ocupantes ilegais em longas disputas pela regularização fundiária, muitas vezes patrocinadas por fazendeiros, empresários e políticos. Ao contrário do que se pensou por muito tempo, grande parte do solo amazônico é fértil por causa da floresta; sem ela, ele se degrada e torna-se impróprio para a agricultura dentro de pouco tempo. Nos anos iniciais de exploração, a região costuma observar um rápido crescimento econômico impulsionado pelos lucros dessas atividades ilegais, mas esse dinamismo raramente gera qualquer desenvolvimento para além da espoliação inicial da floresta e do solo.

Os desmatadores abandonam então essas áreas e seguem floresta adentro, onde se inicia um novo ciclo de devastação. Para trás ficam terras nuas e vilarejos pobres, num padrão de ocupação a que o pesquisador Adalberto Veríssimo chamou de "boom-colapso". A imensa maioria dos 83 milhões de hectares desmatados — cerca de vinte por cento de seu território — são terras subaproveitadas ou completamente degradadas. Próximo a esses corredores de desmatamento, costuma ocorrer o garimpo ilegal, o tráfico de drogas e de minerais, a caça e a pesca predatórias, a prostituição infantil e a brutalização de povos tradicionais e de suas terras.

Territórios indígenas, quilombos e reservas extrativistas são alvos cada vez mais frequentes da incursão de grileiros, madeireiros, mineradores e seus mecenas poderosos: prefeitos, deputados, delegados, donos de cartórios, traficantes de drogas, advogados e grandes proprietários de terras. Essa tragédia humana e ambiental pouco chama a atenção das elites das grandes cidades do Sudeste e do Sul do país, encantadas com a parte que lhes cabe na festa cínica da economia mundial, nesse antigo casamento entre desfaçatez e devastação que dá o tom de nossa história.

Lá eles tinham costume de falar que matava um e amarrava o outro pro dia seguinte...

Uma vez, no Maranhão: era meia-noite mais ou menos quando chegamo no vilarejo, era um pântano. Uma ponte de madeira que saía da estrada e ia cinquenta metros pra dentro. Ali na entrada tinha um barzinho. A gente sempre passava ali pra tomar café, jantar ou almoçar, era um ponto de parada de caminhoneiro. Bom, falei: "Nestor, vamo parar lá, tomar alguma coisa?". "Vamo." Tinha um lampeãozinho amarrado no tronco do meio do casebre, que era coberto de sapê.

Fomo lá no balcão pedir um café. Foi nessa que olhei pra trás vi um cara amarrado num tronco. Tomei o café. E aí perguntei pro homem do bar: "Esse daí já é pra amanhã?". E ele falou: "Não é nada disso não. Esse daí tava dando trabalho, brigando e bebendo; aí os cara que tava aqui amarrou ele. Depois mais tarde eu solto". Isso foi o que ele falou, mas logo a gente já foi embora, então vai saber o que aconteceu com o coitado.

Altamira, no Pará, a "Princesinha do Xingu", ocupa com frequência o topo do ranking de taxas de homicídio no país. Ali, a hidrelétrica de Belo Monte, a terceira maior do mundo, foi inaugurada em 2011. A usina é a realização final de um projeto elaborado inicialmente em 1974, no apogeu da ditadura militar. O colossal monstro de concreto provocou o alagamento de terras indígenas, destruiu a pesca tradicional dos povos da região, ampliou a perseguição e morte de suas lideranças locais e o agravamento das disputas sangrentas entre cartéis de drogas. Em um dos episódios dessa guerra contínua, 62 encarcerados foram mortos durante um massacre que durou cinco horas no presídio da cidade em 2019. Dezesseis das vítimas foram decapitadas. Imagens de seus corpos dilacerados rodaram o país pelo WhatsApp.

A cidade passou a ser também conhecida como "Capital da Transamazônica". Desde os anos 1960, Altamira foi um laboratório de todas as versões perversas dos ideários de progresso, e as fantasias de desenvolvimento já rondavam a região antes da construção da rodovia.

Eu levei cana lá pra Altamira. Foi em 65, logo que comecei a trabalhar com caminhão. Carreguei as muda de cana em Sertãozinho, que é aqui perto de Jaú. Eles tavam abrindo uma usina em Altamira, só que não tinha estrada pra chegar lá. Só depois é que nós abrimo a Transamazônica. Então a gente tinha que ir até Belém, e aí colocava o caminhão em cima da balsa e ela levava a gente até próximo de onde tavam montando a usina. Só que a gente nem tirava o caminhão de cima da balsa, os caminhão da usina vinha com a máquina, pegava a carga do caminhão da gente, passava pro caminhão da usina e levava pra plantar. Quando terminaram a montagem da usina, a lavoura já tava formada. Cheguei a ver algum pedaço de lavoura a hora que começou a abrir a Transamazônica. Eu andava por lá, passava do lado de Altamira, então cê via alguma plantação de cana no meio daquela floresta toda.

Foi essa cidade que Médici visitou em 9 de outubro de 1970 para comemorar o início das obras da rodovia. A televisão transmitiu imagens do presidente inaugurando um marco das obras e participando da derrubada de um castanheiro-do-pará. O tronco dessa árvore ainda está lá, com uma placa ao seu lado que anuncia: "Nestas margens do Xingu, em plena selva Amazônica, o Senhor Presidente da República dá início à construção da Transamazônica, numa arrancada histórica para conquista e colonização deste gigantesco mundo verde".

O filme *Iracema: uma transa amazônica*, de Jorge Bodanzky e Orlando Senna, lançado em 1974, é uma alegoria das promessas trazidas pela rodovia. *Iracema* colocava em xeque a propaganda da ditadura militar no início dos anos 1970. Desde seu lançamento, o filme circulou de forma clandestina em cineclubes e universidades do país, e só seria lançado oficialmente em cinemas brasileiros em 1980, após seis anos de censura pelo regime militar.

O personagem principal do filme é uma encarnação popular do desenvolvimentismo da ditadura militar: "Tião Brasil Grande", um caminhoneiro gaúcho ambicioso e mulherengo brilhantemente interpretado por Paulo César Pereio. O que move Tião é a esperança de enriquecer e a confiança de que seu trabalho e sua esperteza garantirão esse destino. Ele sintetiza as promessas de "Brasil Grande" da ditadura, encenadas em uma paisagem estratégica: a Amazônia sendo rasgada pela monstruosa rodovia.

Em uma das cenas, Tião organiza a ontologia do nosso capitalismo de devastação: "Natureza é mãe coisa nenhuma! Natureza é meu caminhão, natureza é a estrada".

As cenas do filme, descrito como um documentário ficcional pelos seus diretores, são quase todas improvisadas, e a maioria dos atores são amadores, residentes da região, com destaque à própria Iracema que dá título ao filme, interpretada por Edna de Cássia. Iracema é uma personagem com quem o protagonista tem uma relação marcada por formas diversas de violência — prostituição de menor, exploração da pobreza, manipulação sentimental, abandono. Iracema é a representação de tantas mulheres amazônidas reais, mas também uma alegoria da própria floresta violentada pelo seu processo de ocupação.

De forma quase premonitória, se num primeiro momento do filme Tião transporta madeira para São Paulo, no final ele passa a transportar gado para o Acre. Esse giro na trajetória do personagem sintetiza a transformação do vetor fundamental do desmatamento que opera até hoje.

O visual empoeirado do filme e as roupas de Tião — camisas abertas até o meio da barriga, ou então camisetas velhas com propagandas da construção da rodovia, correntes no pescoço, óculos aviador e calças de boca larga — me remetem às poucas fotos nas estradas de meu pai.

A rodovia rasgou territórios de 29 povos indígenas, provocando massacres, expulsões, prostituição infantil e a vandalização de culturas milenares. Nossas narrativas políticas mais críticas à ditadura brasileira pouco dizem sobre o genocídio indígena capitaneado pela ditadura e pelo complexo civil que a apoiava. De acordo com a Comissão da Verdade, cerca de oito mil indígenas foram dizimados no período, e nenhum deles tem espaço nas versões dominantes da história nacional, alimentadas por uma imaginação miseravelmente urbana, branca, litorânea e sudestina.

As cidades, pequenas vilas e zonas rurais que foram se formando no rastro do garimpo, do desmatamento, da pecuária arcaica e da grilagem de terras ocupam sempre o piso de nossos rankings de desenvolvimento econômico e social. A taxa de homicídios na região é sessenta por cento mais alta do que no restante do país, e o desemprego entre jovens, quase o dobro.

A região Norte do Brasil concentra um alarmante número de assassinatos de ativistas e outras vítimas de conflitos rurais e florestais. Agricultores sem-terra, indígenas e defensores de direitos humanos ainda são dizimados por fazendeiros, madeireiros, mineradores e latifundiários que comandam a política local.

Lá naquela época, anos 60, 70, o povo que tava invadindo ali matava. Esses grileiro aí, garimpeiro... Mata só pra ver o cara cair, mata e mata. Em Sapucaia no Pará, o cabra tinha lá uma fazenda dessa que os cara grilaram a terra. Esse homem tinha um posto, o posto de gasolina, o restaurante, tinha lá uns quartinhos que alugava, uma pensãozinha. Um jagunço chegou e deu um tiro com uma espingarda 12 na cara dele, que arrancou a cabeça do homem. Eu tinha acabado de chegar ali, só falavam disso na cidade, mas isso acontecia toda hora.

Foi naqueles arrabaldes que a polícia militar matou dezenove trabalhadores rurais sem terra em 1996, no que ficou conhecido como o "massacre de Eldorado dos Carajás". As imagens dos corpos ensanguentados e empilhados, cadáveres anônimos estampados nos jornais, são uma das minhas memórias mais antigas da violência do Estado brasileiro ceifando vidas no atacado.

Um pouco ao norte dali, na cidade de Anapu, a missionária norte-americana irmã Dorothy Stang foi morta com seis tiros em 2005, a mando de fazendeiros locais que há tempos a ameaçavam por conta de seu trabalho em defesa da floresta e dos pequenos agricultores locais. Muitos trabalhadores rurais da região guardam fotografias da irmã Dorothy em seus altares domésticos, junto de crucifixos e imagens de santos.

E Pedro Paulino Guajajara, indígena de 26 anos, defensor da floresta, morto em 2019 por madeireiros no Maranhão, como tantos outros indígenas, de tantos povos, em tantas terras, por tantos e tantos anos.

À religiosa, aos sem-terra e à legião de líderes indígenas mortos, se somaram o indigenista Bruno Pereira e o jornalista Dom Phillips em junho de 2022, executados próximo ao vale do Javari por defenderem a floresta e os povos originários.

Assim como as árvores, os corpos na Amazônia não param de tombar.

Cada sociedade contribui para a história universal da barbárie com sua coleção particular de escombros. Svetlana Aleksiévitch, refletindo sobre o lugar da catástrofe de Tchernóbil, sugere que "tudo o que conhecemos sobre o horror e o medo tem mais a ver com a guerra. O gulag stalinista e Auschwitz são recentes aquisições do mal. A história sempre foi a história das guerras e dos caudilhos, e a guerra se tornou, como costumamos dizer, a medida do horror [...] as informações sobre Tchernóbil nos jornais estão cheias de termos bélicos: átomo, explosão, heróis... E isso dificulta o entendimento de que nos encontramos diante de uma história nova: teve início a história das catástrofes".

De fato, a guerra não é a única medida do horror. Para muitas sociedades como a brasileira, ela nunca foi a fonte fundamental de palavras e memórias a partir das quais compomos nossa enciclopédia da brutalidade. Nossas catástrofes têm outros nomes — colonização, genocídio, escravidão, racismo, devastação ambiental. Seus instrumentos são a rodovia, a cerca, os micróbios, os navios negreiros, a bala, o machado, o capitão do mato — esta, talvez, nossa primeira profissão de classe média no período colonial.

Àqueles capitães seguiram outros até os dias de hoje, em diferentes uniformes, com variações dos mesmos caprichos sádicos — às vezes, é certo, valendo-se de perversidades que ecoam e reinventam outros genocídios, como na gambiarra de câmara de gás em que dois policiais asfixiaram Genivaldo de Jesus em maio de 2022, no interior de uma viatura em Umbaúba, no Sergipe, tudo sob os olhares dos transeuntes e dos nossos.

O câncer também segue uma lógica colonial. Ocupa territórios que não são dele, nutre-se da matéria viva e, se deixado à sua própria sorte, mata o hospedeiro e então morre junto dele. Para falar do câncer, procuramos palavras como crescimento, expansão, colonização, metáforas espaciais de uma doença que é a verdadeira epopeia da ocupação do território do corpo, um *Fitzcarraldo* biológico que todos nós somos capazes de produzir como parte de nosso próprio processo de crescimento, cura, regeneração celular, vida — e que é, ao mesmo tempo, a segunda causa de morte no mundo.

Siddhartha Mukherjee, na sua história desse "imperador de todos os males", explica que não existe uma doença única no caso do câncer. Essa é só uma categoria guarda-chuva para uma imensa diversidade de fenômenos assemelhados de crescimento celular descontrolado. Resumindo os estudos canônicos de Weinberg e Hanahan, o autor elenca os seis passos fundamentais da formação cancerígena: a ativação de aceleradores de multiplicação celular; a desativação dos freios à multiplicação; a evasão da morte programada das células, comum em células saudáveis (produzindo o ímpeto da célula cancerígena à imortalidade); o potencial infinito de continuarem se replicando; a capacidade de obter sangue e nutrientes, combustíveis para a sua expansão; a habilidade de viajar pelo corpo e se instalar em outros órgãos e tecidos. Esse último passo é o motor da metástase, palavra que por meses eu não conseguia pronunciar e que, em meu diário, eu chamava de "palavra-M".

A palavra-M: segundo Mukherjee, metástase significa algo como "além da imobilidade": "um estado sem âncoras, parcialmente instável, que captura a instabilidade peculiar da modernidade [...]. O câncer é uma doença expansionista; invade os tecidos, estabelece colônias em paisagens hostis, buscando 'refúgio' num órgão e depois emigrando para outro". Assim como a devastação da floresta, o câncer é a encarnação do evangelho do crescimento a qualquer custo.

Manelão

Aquele tempo a gente carregava o caminhão, passava em casa, ficava um ou dois dia pra depois já sair de viagem.

Nós era tudo solteiro, então era de costume nós dar uma passada na zona antes de ir embora. Lá a gente bebia, ficava com uma mulher, ficava com outra, aquela coisa.

Uma vez tava eu, o meu amigo Nestor e o Manelão. E tinha uma loira muito bonita lá, o nome dela era Helena. Acho que era a moça mais bonita da cidade naquela época. E a Helena tava se engraçando com o Manelão. Ela perguntou pra onde é que nós ia, e falamo que a gente ia pra Manaus — e ela disse que ia junto.

O Manelão respondeu assim: "Se você quiser ir junto eu até te levo, mas precisa de grana, não dá pra ir sem dinheiro. A comida é cara, as coisa no caminho é cara". Ele já deu essa desculpa pra que ela não fosse...

Essa moça olhou na cara dele, pôs a mão na cintura e falou: "O problema é dinheiro? Então espera aqui". Ela saiu lá pro lado de fora do quintal, onde que tinha uns garrafão desses de cinco litro empilhado no chão. Todo dinheirinho que ela ganhava, ela fazia um rolinho e jogava dentro daquele garrafão dela. Ela nem devia saber quanto de dinheiro tinha lá dentro.

A Helena passou a mão no garrafão dela, chegou na frente do bar, no meio de todo mundo que tava lá, e tacou o garrafão no chão.

Arrebentou. Espalhou nota, moeda e estilhaço de vidro pra tudo que é lado. "Se é dinheiro que precisa então tá aqui."

O Manelão falou: "Ah, agora sim dá pra ir folgado, bora Helena!".

Ele cresceu o olho no dinheiro dela. Ele era malandro, não valia nada...

Aí ela foi mesmo com o Manelão. Devem ter feito umas quarenta viagem junto. Eles casaram, tiveram filho... Não se desgrudavam, mas brigavam o tempo inteiro que nem gato e cachorro. Saíam no tapa, batia um no outro, davam escândalo. Ele morria de ciúmes dela, e ela dele. Depois de se bater eles davam risada e enchiam a cara junto.

Acho que não tão casados até hoje porque ele ficou doente da cabeça. O Manelão ficou velho e louco. Ele anda por aí pela cidade, não fala coisa com coisa. Fica caminhando sem rumo pela rua, com aquele olhar perdido. Deve ter sido de tanto beber, de tanto tomar droga. Ou foi de ruindade mesmo.

Não sei que fim deu a Helena. Deve ter fugido dele.

O Manelão sempre foi um bruto, um golpista. Ele só fazia rolo e gostava de enganar os outro. Uma vez ele comprou um macaco mansinho, mansinho, na beira da pista, no Acre. Na época isso tinha em todo lugar, esses traficante de animal selvagem que vendia na beira da estrada. Mas o bicho que ele comprou só tava quietinho porque tava bêbado. Quando passou a bebedeira, o macaco começou a atacar o Manelão dentro da boleia do caminhão. O bicho queria fugir da cabine de qualquer jeito. O Manelão sacou o re-

vólver e deu dois tiros no macaco na cabine do caminhão e depois jogou a carcaça do bicho pela janela.

Eu tava dirigindo atrás. Lembro de ver depois o sangue do bicho na cabine, os dois buraco da bala no assento.

Ele gostava também de ludibriar os outro, de ganhar vantagem. Aquele tempo quando a gente era novo, o povo do sítio quando vinha pra cidade amarrava o cavalo no poste e entrava no bar pra tomar uma pinga. Uma vez eu tava num bar aqui na vila de baixo, na beira do rio; e o cara da roça que também tava bebendo lá saiu do boteco e não achou a potranca dele. "Cadê minha potranca?", ele gritava. O Manelão tinha levado embora a égua do rapaz pra ficar dando volta e se exibindo na cidade.

Ele era louco pra chegar no bar, abrir a caixa registradora e pegar dinheiro na cara dura. Roubava motor do barco no Pará e vendia em São Paulo... E vivia enganando os outro motorista, escondendo viagem, não falava de carga que tava pra sair, essas coisa.

Era desacreditado pelos caminhoneiro. Mas quando eu operei do coração, ele veio três ou quatro vez aqui. Foi quem mais veio. Se o Manelão tivesse bom da cabeça, com certeza ia gostar de te receber na casa dele pra contar nossas história. Amigo é amigo, e isso eu não esqueço.

Esse povo

> *"Ah", disse o rato, "o mundo torna-se a cada dia mais estreito. A princípio era tão vasto que me dava medo, eu continuava correndo e me sentia feliz com o fato de que finalmente via à distância, à direita e à esquerda, as paredes, mas essas longas paredes convergem tão depressa uma para a outra que já estou no último quarto e lá no canto fica a ratoeira para a qual eu corro." "Você só precisa mudar de direção", disse o gato, e devorou-o.*
>
> Franz Kafka, "Pequena fábula"

Eu e meu pai assistimos espantados à histórica paralisação dos caminhoneiros em maio de 2018. Em dezenas de pontos estratégicos do país, motoristas de caminhão cruzaram os braços, deixaram de entregar cargas e barraram a passagem de colegas, levando o país à beira de um colapso de abastecimento e a uma grave crise política. Falávamos ao telefone sobre os bloqueios de estradas que aumentavam de hora em hora durante aqueles dez dias. Como em junho de 2013, as horas duravam semanas e parecíamos perder a capacidade de nomear as coisas.

O gatilho da paralisação foram os sucessivos aumentos do preço do diesel, mas novas reivindicações dos caminhoneiros surgiam e desapareciam na mesma velocidade com que líderes provisórios entravam e saíam de cena. Não víamos nos pontos de bloqueio bandeiras de partidos políticos, de movimentos sociais organizados ou de sindicatos.

Muitos caminhoneiros gritavam contra a corrupção, ecoando lemas e sentimentos que há anos se alastravam pelo país. Parte da esquerda descrevia os protestos como um "lockout", um complô dos patrões, e não como uma manifestação autônoma e legítima de trabalhadores. A ausência de líderes e organizações representativas claras — fenômeno tão conhecido em nossa cena pública nos últimos anos — tornava as mensagens dos manifestantes ainda mais difíceis de organizar segundo qualquer programa político nítido.

Jornalistas, políticos, acadêmicos, comentaristas políticos: estávamos todos tropeçando em fatos e engasgando com nossas teorias.

Alguns daqueles caminhoneiros pediam a volta dos militares, enquanto outros afirmavam que votariam em candidatos de esquerda. Participavam dessa agitação algumas vozes radicais que tentavam aproveitar o levante para promover um programa de extrema direita. Um deles, Ramiro Cruz, coordenador do movimento Despertar da Consciência Patriótica e ativista pela volta dos militares ao poder, bradava em sua página de Facebook: "A vitória está próxima! Caminhoneiros + Povo x Legalidade x Legitimidade = Queda da Bastilha brasileira!!! Não vamos afrouxar, que venha a Força Nacional de Segurança e o escambau a quatro, aqui é facão no toco e não arredaremos pé um só milímetro, pois somos o povo e o povo se uniu".

Outros motoristas relataram a jornalistas e pesquisadores que não se importavam muito com política e que só queriam ter condições de levar dinheiro para casa no final do mês.

Nós dois refletíamos sobre aquela série de acontecimentos com igual interesse, mas a partir de lugares muito diferentes. Eu pensava com as palavras que aprendi nos livros: classe, precarização, sujeito histórico, democracia, cooptação, consciência. Ele pensava com outras, vindas de sua vida prática: frete, carga, combustível, transportadora, patrão, impostos, pedágio.

Quem eram esses sujeitos? Heróis da classe trabalhadora, massa de manobra de empresários dos transportes, a vanguarda de um novo movimento protofascista? Como se organizavam? Eu levantava questões semelhantes às da esquerda universitária da qual faço parte, dúvidas que, em sua maioria, surgem de nossa frágil escuta e do escasso diálogo com sujeitos das classes populares — a tão típica aversão das elites em entender os trabalhadores em seus próprios termos, e não como projeções de nossos conceitos, teorias e visões de mundo.

A elite da esquerda acadêmica e política, em sua grande maioria branca, masculina e economicamente privilegiada, costuma impor uma forma cruel de censura paternalista sobre as classes trabalhadoras. Didier Eribon, em *Retorno a Reims*, aponta com precisão uma das origens desse distanciamento político, social, epistêmico: "Para mim, o 'proletariado' era um conceito livresco, uma ideia abstrata. Eles [meus pais] não eram abarcados por ela... esse julgamento político 'revolucionário' [sobre o papel da classe trabalhadora] servia para que eu mascarasse o julgamento social que eu fazia dos meus pais, da minha família e do meu desejo de fugir do seu mundo".

Projetar de forma abstrata nossos conceitos sobre grupos populares é um mecanismo de defesa contra sua inclusão real no debate político e em instituições culturais de elite. Em vez de silenciá-los com armas e censura, muitas vezes os calamos com ideias herméticas e instituições ensimesmadas que nos resguardam de um movimento de diálogo real. As exceções a esse padrão são raras, e em geral acontecem nos espaços que sujeitos provenientes desses grupos sociais conseguiram acessar a duras penas.

Não sei direito quem é esse povo aí. Como é que eles conseguem juntar tanta gente? O que que eles querem? No meu tempo não teve isso não.

A surpresa do meu pai durante aqueles dez dias também indicava a distância entre ele e a realidade atual desses trabalhadores. Aquele já não é o universo que ele habitou, e os caminhoneiros que bloqueavam as rodovias não eram o Nestor, o Manelão e o Jaques. Os motoristas que víamos na TV usam WhatsApp para trocar memes políticos e se comunicar com companheiros e com a família. Eles buscam trabalho por aplicativos de celular, e não apenas em postos à beira de estradas ou em pontos de entrega de cargas com a intermediação dos "gatos". Enfrentam riscos muito mais graves de serem vítimas de assaltos e sequestros; isso exige que seus caminhões sejam equipados com inúmeros aparatos de segurança e de rastreamento por satélite que não existiam algumas décadas atrás. Muitos deles andam armados, como também era comum nas estradas dos anos 1960 e 1970. São membros de uma categoria que permanece predominantemente masculina, apesar do discreto aumento do número de caminhoneiras e de uma presença muito mais marcante de discursos feministas na sociedade.

O consumo de drogas estimulantes segue corriqueiro entre motoristas, mas o tradicional "rebite" convive com outras anfetaminas, além de cocaína e medicamentos para aumento da performance, como a Ritalina e o Venvanse. Alcoolismo, tabagismo e doenças cardiovasculares ainda são muito comuns e coexistem com um alarmante aumento dos diagnósticos de transtornos de ansiedade e depressão entre membros da categoria.

A maioria deles continua alimentando o sonho de se tornarem empresários dos transportes. Os caminhoneiros são uma espécie de vanguarda da ambição neoliberal em converter trabalhadores em pequenos empreendedores desprovidos de direitos ou garantias. Todo risco que esses trabalhadores assumem é privado, e as surpresas no caminho podem arrasar seus planos de ascensão.

Isso não é de hoje: *O Jaques ficou doente quando a gente tinha uma sociedade num caminhão que a gente tava começando a pagar em quarenta parcela. Isso foi lá por 89. Demo entrada no caminhão, fizemo as parcela, e daí dois, três meses ele ficou doente, não conseguia mais dirigir. Só sei que o caminhão acabou em nada, perdemo o investimento, porque eu não ia dar conta de pagar sozinho. E ele morreu logo, não conseguiu deixar nada pra esposa, porque o pouco que o Jaques juntou ele tinha investido na entrada do caminhão. Não tem o que chorar, aquele dinheiro nosso foi perdido. E eu perdi meu amigo.*

A crise econômica e social que o país enfrenta há anos afeta esses motoristas de forma aguda, já que eles são imediatamente punidos pelo desaquecimento econômico, pela inflação dos combustíveis, pela piora da infraestrutura, pelo aumento dos roubos de carga e por todas as formas de precarização do trabalho e de desmonte da previdência social.

Eu me pergunto se essas transformações no tecido das vidas dos caminhoneiros, em suas imaginações, nas suas formas de solidariedade e no cotidiano das estradas ajudam a entender onde viemos parar como país. Não sabíamos à época, mas aquela paralisação seria prólogo de uma eleição diferente de qualquer outra em outubro daquele ano.

✳

Nos últimos tempos, fomos expostos a cenas frequentes de um presidente hospitalizado. A nação discute seus intestinos. Jornais consultam especialistas em hérnias, soluços, refluxos e outros males viscerais.

Ele gosta de exibir suas cicatrizes como medalhas de um herói de guerra. Assistimos à encenação do corpo presidencial posando para as câmeras em camas de hospital, mostrando suas cicatrizes em *lives* na internet e discutindo sua vida sexual em eventos públicos com a mesma naturalidade com que enaltece torturadores e faz troça de mortos e doentes.

Aquele corpo impõe à nação uma invasiva presença. Porém, cada exposição dele deveria nos atravessar como o signo de uma notável ausência: os cadáveres que se acumulam sob seu riso de hiena. Aquele corpo e suas cicatrizes ecoam a imagem de José Millán-Astray, o carniceiro franquista fundador das Legiões Espanholas que desfilava com soberba suas marcas de combatente — um rosto desfigurado, um olho arrancado, um braço a menos, um sorriso quase sem dentes. Ele ostentava aquelas cicatrizes como emblemas da superioridade dos que amam o cheiro das batalhas e se excitam com os cadáveres dos inimigos. O corpo mutilado do franquista servia como monumento vivo da perseguição de opositores, do fechamento de universidades, da macheza militarizada, da política do *viva la muerte*.

Para meu pai e outros pacientes com quem convivi nos últimos meses, a percepção do sofrimento do outro com frequência abre caminho ao diálogo e à empatia. Nos corredores do hospital, é comum que pacientes puxem conversa com ele assim que notam sua bolsa de colostomia ou a sonda urinária, ou enquanto esperamos para a próxima sessão de radioterapia. Muitas vezes mostram suas próprias cicatrizes e enumeram os remédios que tomam, as longas horas que já passaram na espera por mais uma consulta, os altos e baixos do tratamento. Compartilham macetes para driblar burocracias hospitalares e, vez ou outra, deslizam na cadeira, chegam mais perto para confidenciar, em voz baixa, como lidam com a incontinência urinária, a diarreia frequente, a impotência sexual, o medo da dor e da morte.

Audre Lorde, em seu *The Cancer Journals* [Os diários do câncer], livro em que relata o dia a dia de seu tratamento de câncer de mama, fala da sucessão de pacientes no hospital que dividiam com ela histórias e impressões sobre a vida após a mastectomia. "Nós comparávamos nossas observações sobre enfermeiras e exercícios, discutíamos se manteiga de cacau retardava as tendências da formação de queloides em mulheres negras." Mulheres que cruzaram seu caminho pela via da doença e do enfrentamento, e que firmaram laços com ela a partir de dúvidas e angústias sobre como seria viver, ser amada e desejar depois dessa experiência da amputação dos seios.

Em *Diante da dor dos outros*, Susan Sontag desafia a ideia convencional de que imagens de sofrimento alheio, como aquelas que inundam o noticiário em épocas de conflitos armados, sejam fonte de afetos com alguma potência política real. Observar a dor alheia, pelo contrário, pode servir como alívio, como emblema individual de consciência sobre o sofrimento do outro, um sentimento de autocongratulação paralisante.

Esse raciocínio não vale apenas para imagens, mas também para números, sobretudo quando os cadáveres começam a se contar aos milhares. Desde março de 2020, repito o ritual obsessivo de consultar o número diário de vítimas de Covid no país. O que significa, na ordem do mundo, que no dia 27 de março de 2021 morreram 3409 pessoas, ou que no dia 12 de fevereiro de 2022 foram registradas 879 novas mortes? Sinto-me parte de uma plateia que assiste abobalhada a esse tenebroso espetáculo de exposição de nossas tripas. Os números de vítimas passam a nos impactar cada vez menos, conforme atingem grandezas que, de tão enormes, já não são capazes de nos dizer nada de novo. Quando chegou a mil o número diário de mortos no país pela Covid e pela política oficial do deixar morrer, me dou conta de que não compreendo essa cifra. Eu saberia o nome de mil indivíduos? Já teria abraçado esse número de pessoas? Posso me ver, de forma invertida — minha vida, meus privilégios, minha vacina, meu trabalho remoto, meu plano de saúde —, no exorbitante número de cadáveres que o espetáculo da vida pública brasileira nos últimos dois anos acumulou? Onde estou eu neste número? Onde estão meus amigos e meus alunos? Onde está meu pai?

Ocupados em contar nossos mortos, em tratar nossos doentes e em administrar nossas vidas em meio a uma pandemia e ao horror político cotidiano, ainda não conseguimos transformar esses números em palavras, em narrativas que forneçam sentido para nosso espanto individual e gerem alguma potência de ação política.

Trocando a bolsa de colostomia do meu pai, eu aprendo que o intestino exposto não sente dor.

Somos hoje cercados por imagens e números desse corpo-país em chamas. Não é tarefa fácil recuperar o senso de urgência e de responsabilidade diante de tantas tragédias catalisadas por ocupantes dos mais altos cargos da República.

Talvez um passo seja uma virada no olhar: desviar o foco dos corpos que queimam em direção às mãos que continuam lançando combustível nas chamas. Penso no gesto da poeta negra norte-americana Claudia Rankine, que em seu livro *Cidadã: uma lírica americana* manipula as conhecidas e hediondas fotografias de linchamento no sul dos Estados Unidos nas primeiras décadas do século 20. Rankine apaga as imagens dos corpos negros enforcados e mantém o restante da cena. O que vemos em destaque nessas novas versões das conhecidas fotografias são as faces entusiasmadas da multidão, seus corpos brancos congregados, vestidos com roupas de domingo. Em uma delas, um jovem sorri apontando para a copa da árvore em que, no registro original, dois homens negros aparecem enforcados.

A potência das fotomontagens de Rankine parece tocar no cerne da vida política das imagens: ao ver as fotos de linchamentos alteradas, apagado o espetáculo cruel da reexibição de cadáveres negros, o que resta são faces brancas excitadas, risonhas, certas de sua bárbara condição de cidadãos de bem.

A luz deve cair sobre o riso da hiena.

A devastação política e social que vivemos nos últimos anos tem suas origens nas dobras do autoritarismo brasileiro. A destruição tornou-se a política de Estado, o tosco organiza a estética oficial, a sofisticação das ideias é motivo de perseguição. O nosso mal, em seu contorno mais recente, converte lugares de sombra em motivos de orgulho nacional: as serrarias em meio à mata, os centros de tortura, os becos onde trabalham esquadrões da morte, a arquitetura dos "quartos de empregada", o apartamento onde marido agride a esposa, a viela escura onde travestis são espancadas, o "quartinho" dos supermercados onde seguranças violentam jovens negros pobres. Esses passam a ser os modelos éticos, as referências estéticas e os motores libidinais de uma nova cartografia da destruição.

O garimpo ilegal é a instituição modelo: a guerra aberta por recursos em que vence o mais armado e padecem aqueles que ainda preservam algo de humano. Algum sociólogo ainda escreverá um livro sobre a "ética garimpeira e o espírito do capitalismo brasileiro", essa monstruosidade que surge da afinidade eletiva entre a experiência crua da fronteira — a economia de constante acumulação primitiva, cujo motor é a pilhagem e a morte — e o rentismo de colarinho branco, afinidade que revela os laços profundos entre a devastação da floresta, os prédios espelhados dos escritórios da avenida Faria Lima e os palácios nas capitais do país.

O Brasil inventa suas próprias alegorias com a matéria espessa do nosso cotidiano político. Na nossa triste fábula, foi o lobo que, dos mais altos postos, gritou para todos ouvirem: "Vejam, eu sou um lobo, eu estou aqui e quero devorá-los". Ele se projeta para todos os cantos e destrói o que podia se configurar como um corpo social que, pensávamos, parecia se fortalecer com o tempo, mesmo que a passos muito lentos. O lobo detesta qualquer coisa que cheire a sociedade. Ele sente saudades dos porões imundos daqueles outros tempos imundos. A besta nos olha fundo nos olhos, come nossa carne e chupa nossos ossos, enquanto coça a barriga e gargalha de nossas tentativas de nomeá-la.

É certo que o lobo e seu bando não durarão para sempre no poder. Mas o tempo social é diferente do tempo das eleições, do ciclo de renovação periódica dos governantes que é o traço mínimo de uma democracia. Pasolini, alarmado com o estado da cultura na Itália nos anos 1960, alertou duas décadas depois da queda de Mussolini que "o verdadeiro fascismo é aquele que tem por alvo os valores, as almas, as linguagens, os gestos, os corpos do povo". Aqui, as urnas apontaram outros rumos políticos, mas essa nova forma de brutalidade deve gozar de uma fecunda sobrevida. Ela continuará a mostrar por muito tempo sua face retorcida e seus dentes afiados em nossas instituições públicas, nas redes sociais, almoços de família, em nossa língua, consultórios médicos, delegacias, festas de aniversário, cultos religiosos, becos escuros, rodovias.

Jaques

O Jaques era companheiro de estrada, de boteco, de farra, de briga. Um amigo que tinha um metro e meio, mas que enfrentava qualquer um.

Ele só andava com uma bermudinha curta e um chinelinho havaiana. Se saía briga lá no meio daquelas estrada de terra, ele já jogava o chinelo de lado e chamava o caboco na rasteira.

Até lembro de uma passagem: nós fomo atravessar numa balsa e era vez do Jaques passar, e eu tava atrás dele. Era pra atravessar o rio Xingu, a gente tava indo pra Belém. Quando a balsa encostou, descarregou dois caminhão — lá só passava dois caminhão por vez. E tinha um motorista grandalhão que chegou depois, e ele entrou na frente minha e do Jaques. Cortou fila e começou a falar que era a vez dele. Esse homem fazia quase dois do tamanho do Jaques.

"Eu vou atravessar, não quero saber", o grandão falava.

O Jaques enfezou. Disse que era nossa vez e a gente ia entrar na balsa. Começaram a gritar um com o outro, dedo na cara. O grandão chegou num certo ponto que bateu no peito e falou assim: "Eu sou muito homem e vou atravessar na frente".

Aí o Jaques jogou os dois chinelinho de lado e falou: "Eu com esse tamanhinho que eu tenho, eu não preciso bater no peito e falar que eu sou homem, que todo mundo que tá aqui tá vendo que eu sou homem". E já puxou o bicho na rasteira que já deu um tombo nele, quase esborracha o compridão no chão.

E ele dava aquelas voadora, dava com o pé no peito, era louco pra arrumar confusão. O Jaques falava: "Didi, você não precisa entrar no meio! Didi, você não entra! Deixa comigo, eu me viro". E como eu não gostava de brigar, eu só atiçava e assistia, que eu conhecia a fera.

Ele era o maior contador de vantagem, o Jaques. Era bom de dar rasteira, de tomar cachaça e de inventar história.

Nós ia indo uma vez pra Rio Branco do Acre. Naquele tempo as transportadora colocava uma faixa branca com os letreiro vermelho pregada na lona amarela do caminhão, pra chamar bem atenção: "Transportadora tal, indo pra não sei onde". Rio Branco era outro mundo de tão longe, então a faixa ia fazendo a propaganda da transportadora no caminho.

E saímo daqui de Jaú e tocamo pro Acre. Nós passamo em Presidente Prudente, e depois já é a divisa de São Paulo e Mato Grosso. A cidade do outro lado se chama Bataguassu. Paramo num posto, era umas sete horas da noite, tomamo uns rabo de galo. Ele pôs a mãozinha na cintura, um pé no joelho e outro no chão. E o dono do barzinho perguntou pra onde que nós ia. O Jaques falou: "Nós vamo indo pra Belém do Pará, vai inaugurar uma agência do Banco do Brasil lá e nós tamo carregado de nota nova de cem merréis no lastro da carroceria. O resto é só telefone novo e calculadora". Era tudo mentira. Era só porcariada que a gente tava levando, só cadeira velha de escritório, papelada, armário, coisa usada que dispensaram da agência de São Paulo pra mandar pra Rio Branco.

Mas tinha dois cara do lado que talvez nem fosse malandro, mas cresceram a ambição quando ouviram que o caminhão tava *carregado de dinheiro. Esses dois roubaram a tampa do tanque do caminhão do Jaques e quando nós saímo, eles saíram atrás. E o cara começou a buzinar do lado do caminhão e mostrar que a tampa do tanque tava com eles. O Jaques era muito esperto, ele se tocou que eram dois malandro que tavam querendo pegar ele.*

Aí que ele acelerou mesmo, jogou o caminhão por cima dos cara, quase passou por cima, foi um sarapatel!

Eu tava no caminhão atrás e vi a bagunça, o Jaques jogava o caminhão pra frente, pra trás. Quando os cara perceberam que não ia ter jeito de parar ele, eles tocaram pra frente mais ou menos 100, 150 quilômetro; pararam de novo e tornaram a perseguir a gente. Aí que o Jaques ficou com medo mesmo, sumiu aquela valentia toda dele.

Saímo louco, disparado. Fomo parar em Coxim, lá pra frente, onde tinha uma parada da polícia rodoviária e um posto de gasolina, que era onde a gente ia jantar e dormir.

Ele entrou no posto da polícia rodoviária que nem louco, berrando "Pega ladrão, pega ladrão". A polícia rodoviária ficou toda abismada: "Mas onde que tá esse ladrão?". Aí ele explicou a situação pro rodoviário.

Passou a noite, amanheceu o dia, não vimos mais nada de ladrão. Tá bom.

Então seguimo. Passamo Cuiabá e entramo na estrada de terra. Mais pra frente um pouco, tinha uma serra que tinha o apelido de Caixa Furada. Cada serra a gente chamava de um apelido: Curva da Onça, Cabeça do Cristo, Ponta da Coruja... Acabamo de subir a serra da Caixa Furada, eu vejo o Jaques sair voando na pista. Era mais ou menos umas duas e meia da tarde e esses cara apareceram de novo com uma picape. A picape apontou, veio de frente pra ele, ele largou o caminhão e saiu numa carreira tão grande no meio daquele mato que eu nem via mais. Ele demorou uma hora e meia mais ou menos pra voltar.

✱

Mais pra frente um pouco tem um lugar que chama Jangada, uma vilinha. Ele foi lá na delegacia conversar com o delegado. "Eu quero uma escolta pra me levar pelo menos uns dois dias pra eu escapar desses bandidos porque faz dois dias que nós tá fugindo deles e tamos sendo perseguidos." Aí o delegado falou que não tinha policial pra fazer escolta, "mas se você quiser tem dois pistoleiro aí que topa; tá aqui o endereço, fala que eu que mandei".

Os pistoleiro toparam na hora. O Jaques pagava comida, pagava o dia deles. E se achasse os bandido, a ordem pros pistoleiro é que era pra matar — o delegado mandou assim. Aquele tempo não tinha xabu, pistoleiro matava mesmo e todo mundo sabia. Os dois cara veio com uma espingarda 12. Montaram no caminhão e andaram o resto do dia com a gente e um pedaço da noite também. Dormimo, andamo no outro dia, não vimo nada. Depois de dois dia o Jaques pagou eles, dispensou. Almoçamo ali nesse lugar.

Mais pra frente tem um lugar que chama Pimenta Bueno. O tio Nerso comprava madeira ali, e ele tava lá. Olha, acredita se você quiser, parou eu e o Jaques de tardezinha, já tava começando a querer escurecer. "Vamo dormi aqui que eu não viajo mais de noite", ele falou. Então vamo.

Estacionamo lá no posto, tomamo um banho, encostamo lá no balcão do boteco, ele pediu um rabo de galo, eu falei "me dá uma pinguinha", e aí fomo jantar. O tio Nerso tava ali, mas o Jaques não viu. O Nerso veio devargazinho atrás dele, cutucou com os dois dedo e falou "é assalto!". O Jaques desmaiou. Apagou ali, caiu no chão, capotou tremendo. Chacoalhamos, chacoalhamos, até que voltou. Tomamo o golinho que nós tava tomando, conversamo com o Nerso, dormimo ali... e não teve mais nada de ladrão.

O Jaques morreu de aids, tempo depois disso. Você chegou a conhecer ele, de criança.

Eu lembro que um pouco antes dele ficar doente, nós vinha vindo de uma viagem de São Luís do Maranhão. Ele falou "Didi, vamo ficar esperto que saiu uma doença nova que não tem cura, um vírus que mata. Tão falando que chama aids. Quem pegar, não sara mais". Eu nunca tinha ouvido falar, isso foi no comecinho da aids. E daí pouco tempo ele pegou, foi morrer uns anos depois.

O Jaques era um capeta encarnado. Eu sei que Deus tem ele num bom lugar.

Boleia

> *O senhor sabe? Já tenteou sofrido o ar que é*
> *saudade? Diz-se que tem saudade de ideia*
> *e saudade de coração... Ah. Diz-se que o*
> *Governo está mandando abrir boa estrada*
> *rodageira, de Pirapora a Paracatu, por aí...*
> João Guimarães Rosa,
> *Grande Sertão: veredas*

Você foi feito na boleia de um caminhão.

Meus pais me conceberam na última noite da viagem de lua de mel, na cabine de um caminhão estacionado em um posto de beira de estrada próximo a Marília, em São Paulo. No diário da minha mãe, uma anotação breve sobre essa última noite da viagem: "Dia 3 de Março paramos à uma e meia para dormir em Marília e chegamos em Jaú às nove horas".

Desde criança meus pais me falam dessa viagem e comentam como fui "feito" na volta. Narram também essa viagem para amigos, parentes e novos conhecidos. Contam, riem e minha mãe diz que "é por isso que você não gosta de ficar parado num lugar só".

E mostram fotos da viagem. Em uma delas, eles posam na frente de um caminhão Mercedes azul-claro, meu pai com o braço direito sobre o ombro dela, ela com a mão na cintura dele. Ele de bermuda e camisa aberta até o umbigo, ela de camiseta lilás, bermudinha laranja, cabelos enrolados do permanente que fez para o casamento. Ele de rosto sério, ela sorri. Ao lado do caminhão, dois banquinhos e apetrechos de cozinha que usavam para preparar as refeições na estrada em um pequeno fogareiro a gás. De Jaú eles levaram uma lata cheia de pedaços de carne frita, preenchida com banha de porco para preservar o alimento ao longo da viagem. Não é possível identificar onde a foto foi tirada: uma rodovia empoeirada, um pasto baixo no entorno, qualquer ponto entre Jaú e Belém.

Meu pai chegou a Jaú com o caminhão carregado com equipamentos que ele levaria para uma fábrica de alumínio que estava sendo construída no Pará. Casaram-se no dia seguinte na igreja Nossa Senhora Aparecida, passaram a noite na cidade, foram juntos até Belém deixar a carga e então retornaram. Essa foi a viagem mais longa da vida da minha mãe, em um trecho que meu pai já havia atravessado dezenas de vezes.

Essa lua de mel na cabine de um caminhão carrega traços fortes da origem dos meus pais, o seu pertencimento a um universo social em que trabalho, lazer e imaginação de país são vias que se cruzam, formando uma trama tecida a partir de imagens e palavras de suas vidas cotidianas. Ouço essa história também como uma espécie de mito de origem, uma aventura que liga minha vida à estrada de forma íntima e ao mesmo tempo remota.

Eles namoraram por nove anos, mas minha mãe sempre repete que "se somar tudo, o namoro não dá dois anos, porque seu pai tava sempre viajando". A saudade e a expectativa para a chegada do casamento são os temas centrais do diário que minha mãe manteve durante todo o namoro. Ela trabalhava, frequentava a missa e grupos de oração, vivia com seus pais, encontrava as amigas mais próximas nos fins de semana e aguardava meu pai. Enquanto namoravam, ela foi operária na tecelagem dos

Camargo Correa, em Jaú, além de costurar para fora e ajudar minha avó nas tarefas da casa. Antes disso, havia trabalhado como faxineira e assistente de cozinha por alguns anos na casa de uma família libanesa endinheirada, donos da maior loja de departamentos da cidade. Quando criança e adolescente, trabalhou na roça e ajudou a criar os três irmãos mais novos. Mais tarde, na época em que meu pai se recuperava da sua primeira cirurgia cardíaca, foi copeira em um hospital e faxineira em uma residência de freiras.

As declarações de saudades convivem no seu diário com colagens de casais apaixonados, fotos que minha mãe recortava de fotonovelas e poemas de amor que ela copiava de revistas femininas da época.

"Dia 11 de agosto de 1983 marcamos o cursinho de noivos e marcamos o casamento na igreja às seis horas."

"Dia 28 de agosto de 1983 fizemos o cursinho de noivos das sete e meia às 5 horas. Depois a noite fomos na quermesse. Domingo."

"Ficamos juntos das dez da manhã até onze e vinte da noite. Ficamos juntos treze horas e vinte minutos. Estava uma delícia. Se Deus quiser daqui cinco meses nós estamos casados."

"2 de outubro de 1983 domingo faz doze dias que não vejo meu Amor, ele telefonou pra mim disse que está tudo bem e vem só dia doze ou treze."

Quando vai se aproximando o casamento, o diário registra uma rotina agitada de atividades e preocupações. Eles tinham que se apressar para distribuir convites, encomendar o vestido de noiva com uma costureira prima do meu pai, receber visitas de parentes ansiosos para ver os presentes de casamento, todos colocados cuidadosamente sobre a nova cama de casal e fotografados juntos das visitas.

E então o casamento e a viagem: "Dia 11 de fevereiro eu e o Didi casamos. Foi um dia maravilhoso. Casamos às seis horas na igreja e às seis e meia no civil e depois fomos tirar foto no jardim, na nossa casa e depois fomos na casa da minha sogra, jantamos e fomos ver a tia Sula. Eu passei em casa para tirar a roupa e depois passamos na minha sogra para jogar tômbola e depois fomos dormir na pousada capelinha, foi uma noite maravilhosa".

Minha mãe descreve brevemente em seu caderno cada um dos trechos da viagem: os pontos de parada, os conhecidos que encontram no caminho, os passeios em Belém (a Igreja, o parque, o mercado, a lanchonete), as travessias de balsa e a rotina na estrada: "Dia 17 de fevereiro sexta-feira 1984 descarregamos o caminhão e andamos quatro horas e meia de balsa". "Dia 18 de fevereiro eu fiquei na Zefa sábado e o Didi foi procurar carga e encontrou com o Luiz Carlos e Manezinho, almoçamos na Zefa e a noite fizemos jantar e fomos no bar tomar Coca-Cola."

A escritora Annie Ernaux, em sua vasta obra, aborda por diversos ângulos uma trama central: a história da filha que se afasta da classe de origem dos pais e que depois tenta compreendê-los, ao mesmo tempo que busca fazer sentido de seu próprio lugar no mundo. Outros autores desses "relatos de filiação" da classe trabalhadora construíram obras em torno desse problema fundamental — Tove Ditlevsen, James Baldwin, Didier Eribon, Édouard Louis, esses e outros viajantes entre classes sociais.

Tais relatos são a história de uma espécie de traição, como nos diz Ernaux, de um abismo entre diferentes formas de se situar no mundo e das tentativas tortuosas de construir pontes e de criar espaços de encontro feitos de memórias, lugares, palavras, sabores e afetos.

Há um traço comum na história daqueles que experimentaram processos complexos e marcantes de mudança de classe social: ao longo dos anos, nos sentimos compelidos a nos afastar daqueles que nos apresentaram o mundo. Somos forçados (e nos forçamos) a nos desvencilhar de seus hábitos, de seus gestos, das formas de lidar com dinheiro, com a casa e com o corpo, de seus gostos e, sobretudo, de suas palavras. Mas, apesar desse sinuoso processo de nos desconstruir e reconstruir, algo sempre insiste em permanecer. Carregamos pelo mundo nossos "habitus clivados", na fórmula de Pierre Bourdieu, essa espécie de ponte de duas vias na fronteira entre nosso eu e um universo social em que habitamos lugares apartados. Esse sentimento de ruptura é ainda mais extraordinário em sociedades esgarçadas pela desigualdade como a brasileira, e ele certamente afeta de forma muito mais profunda a estrutura subjetiva e os laços sociais daqueles que não são parte do grupo racial predominante na elite — como a psicanalista e psiquiatra Neusa Sousa Santos expôs de forma magistral em seu *Tornar-se negro*, livro em que analisa as estratégias inconscientes e as formas de sofrimento subjetivo de pessoas negras que ascenderam socialmente no Brasil do início dos anos 1980.

Esse duplo pertencimento de classe muitas vezes se condensa em um sentimento difuso e persistente de culpa, de alienação social e institucional, uma sensação intrusiva de inadequação ou insuficiência; um frequente medo de "perder tudo", o fardo da responsabilidade pelo bem-estar dos pais — agora que começamos a subir, não podemos deixá-los para trás.

Sofremos explosões de raiva frente àquelas cenas cotidianas de injustiça que são o maquinário infernal de perpetuação das elites. Testemunhamos essa fisiologia da desigualdade todos os dias, em todos os novos lugares onde circulamos, e geralmente compreendemos essas situações de imediato. Migrantes de classe costumam ter talento para a análise social, o que raramente compensa os custos pessoais de habitar essa condição cindida.

Ninguém elaborou esse drama de nosso capitalismo periférico de forma mais sofisticada do que Machado de Assis, ele mesmo um frequentador de vários mundos sociais. Seus romances e contos são repletos de personagens da elite brasileira dotados de habilidades e feitos medíocres, mas que conseguem, mesmo assim, garantir seus espaçosos lugares no topo de uma sociedade perversa que convivia com o lustro cínico de ideias liberais europeizadas. No outro extremo da pirâmide, Machado compõe um rico quadro de vítimas da violência material e simbólica brasileira: pessoas livres, porém dependentes dos senhores brancos, e indivíduos escravizados para quem o risco da morte real se somava à lenta morte social da escravidão.

Minha mãe nunca teve outro diário e quase não escreveu cartas depois do meu nascimento.

A última anotação no caderno é um bilhete a meu pai. Ela o assina em nome dela e em meu nome, numa época em que eu era recém-nascido. Essas linhas são a pré-história da minha escrita, assim como uma espécie de despedida da escrita para ela:

"Dido eu ti Amo
Somente sou feliz tendo você a meu lado.
Eu você e o nosso filho
Cada dia que passa te amo mais
Agora é dois coração que te ama, o meu e o nosso filho
Dido, lembre-se desse alguém que muito o ama e sempre estará te esperando
Dirce — e o fruto do nosso
Amor nosso filho"

Esta passagem em que Ernaux fala de sua mãe me soa estranhamente familiar: "Eu tinha, ao mesmo tempo, certeza do amor dela por mim e consciência de uma injustiça flagrante: ela passava o dia vendendo leite e batatas pra que eu pudesse frequentar uma sala de aula para estudar Platão". A história de pais e filhos que tiveram trajetórias educacionais radicalmente distintas é sempre atravessada de silêncios e esquivas, já que partes significativas de nosso cotidiano, nosso trabalho, nossas leituras, nossos gostos e nossos gastos são dificilmente traduzíveis para o universo de nossos pais.

Um dia, ao explicar a meu pai que eu estudava no doutorado a política em torno da arquitetura e da habitação popular, ele ordenou sem rodeios: *Fala pra eles que os pobres merece ter casas maiores.*

Em um discurso acadêmico, uma afirmação como essa seria decupada em intermináveis discussões sobre a epistemologia da "fala" do pesquisador (quem deve falar ao poder?), sobre os tomadores de decisões públicas e privadas acerca das políticas habitacionais (quem são os atores?) e sobre a construção histórica e política de ideias como o "sonho da casa própria" (o eterno debate a respeito da inserção social dos mais pobres pela via do consumo).

Nada disso é sem valor. Dedico-me a essas questões em meu trabalho acadêmico e me importo seriamente com elas. Mas reconheço que muitas vezes basta dizer a eles que os pobres merecem ter casas maiores — e todos sabemos quem são eles.

O que é meu

> *O pessimismo foi, às vezes, "organizado" até produzir, em seu próprio exercício, o lampejo e a esperança intermitentes dos vaga-lumes. Lampejo para fazer livremente aparecerem palavras quando as palavras parecem prisioneiras de uma situação sem saída.*
>
> Georges Didi-Huberman

Eu tô jogando truco, mas não tenho mais carta na mão. Tô trucando no blefe. Por enquanto tô ganhando.

Desde o diagnóstico de câncer, ele calcula quanto tempo vai conseguir sustentar esse blefe: na maior parte das vezes, conclui que lhe restam dois anos. Em dias de maior otimismo, esse número aumenta para três ou quatro. Ou então discretamente se contrai, como nas palavras que ele escolheu para me desejar um feliz Ano-Novo no início de 2022: *Estou feliz em começar o ano com vocês.*

A fala do meu pai, como de todo velho, é povoada de mortos e ruínas. Nela aparecem trechos de estradas que já foram engolidas pela mata, uma oficina mecânica que se converteu em consultório odontológico, bordéis que cederam lugar a igrejas evangélicas, bosques da infância convertidos em plantações de cana-de-açúcar, rios repletos de peixes que hoje estão tomados pelo esgoto. Sua mãe e seu pai morreram, irmãos e amigos já se foram. A própria linguagem acena para esse desmoronamento: seu discurso é tecido na confusão dos tempos verbais, na coexistência de palavras novas e outras erodidas pelo tempo, nos frequentes acenos nostálgicos e na fabulação como antídoto para os deslizes da memória.

Em nossas conversas, quando termina de contar alguma história sobre a vida nas estradas, ele costuma concluir: *essa foi a vida*. O tempo verbal da frase, esse passado enigmático, multiplica os significados da palavra "vida": em um primeiro sentido, a vida que merece esse nome foi aquela da juventude do corpo e do trabalho com caminhão — e essa já se foi. Ou, então, a vida é algo maior e ela ainda continua; mas é provável que ela se encerre em breve, e por isso ele recorre ao pretérito como um anúncio, reconhecimento trágico e aceno de solidariedade ao nosso luto que virá, um luto que será só nosso, e não dele — porque todos sabemos que a vida é isso.

A mutação biológica pela qual passa o corpo do meu pai nos últimos meses é acompanhada de outras metamorfoses.

A doença inaugura um novo terreno do sensível. Ele aprende a navegar uma complexa fenomenologia do câncer: potes e cartelas de remédios em multiplicação, bolsas, adesivos, materiais de diferentes viscosidades, substâncias que entram e saem do corpo para mantê-lo vivo e funcional. Audre Lorde nos diz que cada amputação "é uma realidade física e psíquica que deve ser integrada em um novo senso de si", e creio que o mesmo pode ser dito sobre a adição desses novos membros artificiais que passam a ser corpo — bolsas de colostomia, sondas, drenos, fraldas, cateteres, faixas, andadores, holters, curativos e enxertos químicos que repõem processos fisiológicos degradados.

A essa parafernália se soma uma vasta cartografia documental, as resmas de pedidos médicos, receitas, senhas, laudos, exames, recibos, comprovantes de vacinação, pulseiras de papel, protocolos.

E uma atmosfera de gemidos, campainhas persistentes do mostrador das senhas, o arrastar das cadeiras, as frases mil vezes repetidas "o médico ainda não chegou", "o senhor vai ter que ter paciência", "tem que retirar outra senha", "quais remédios o senhor toma?", "é só aguardar", "tem que voltar amanhã". Um universo de expressões de amparo bem ou mal colocadas — "tudo vai ficar bem", "tem que ter fé", "o senhor é forte".

Um arquivo público de casos comparáveis, transmitidos seletivamente ao doente para que só as narrativas de sucesso o alcancem.

O regime extenuante da espera, o lento passar das horas de cirurgia, dos dias de radioterapia, dos meses entre uma consulta e outra. O calendário de trocas da bolsa de colostomia e da sonda urinária. Os minutos de agonia antes do atendimento quando meu pai não conseguia urinar havia 48 horas e sentia como se estivesse explodindo por dentro.

Uma ecologia de odores e de fluidos corporais fora do lugar, alguns bastante conhecidos, outros novos. Cheiros de produtos químicos para limpeza pesada, cheiros de hospital, cheiros da matéria não contida pelas novas bolsas e seus fechos imperfeitos e um novo odor que aprendemos a identificar: o cheiro do tumor e suas matérias viscosas.

Uma imensa floresta de saberes e silêncios: procedimentos são questionados, apresentados, sonegados, contrastados, mal-explicados, incompreendidos, esquecidos. Passamos a conviver com um enigmático sistema de autoridades em disputa, de competências conectadas como anéis de uma corrente que não manejamos bem.

A maioria dos médicos fala rápido demais, baixo demais, usam termos técnicos demais. Meu pai ouve cada vez pior, e as máscaras impostas pela pandemia fazem com que ele não entenda quase nada que os médicos dizem. Meu irmão e eu nos habituamos com a função de autofalantes e tradutores dessas mensagens, frase a frase (as enfermeiras, pelo contrário, sempre aumentam o volume da voz quando percebem que ele ouve mal).

No centro desse burburinho, meu pai informa que nós é que tomaremos decisões sobre o tratamento: *O que você e o João acharem que eu tenho que fazer, eu faço.*

Para a comunidade em torno do enfermo, a interpretação de indícios torna-se uma rotina incessante. A doença é uma floresta de signos, um palco para a contínua leitura de sensações, cores, cheiros, volumes, temperaturas, relatos, dores e consistências que podem querer dizer algo, podem ou não ser sintomas, podem ou não fazer sentido — e fazer sentido aqui é testemunhar os humores do câncer.

Mudanças na coloração das fezes noticiam uma possível piora do quadro, uma estranha dor nas costas talvez seja sinal de metástase ou um simples efeito da idade avançada, a dificuldade em urinar pode ou não sinalizar que o tumor atingiu a próstata, e não temos certeza se a perda de peso é uma boa ou uma péssima notícia.

É fácil cruzar a fronteira entre a atenção cuidadosa e a paranoia diagnóstica. Quando devemos parar de atribuir sentido aos sinais do corpo? Nos tornamos intérpretes obcecados de um corpo-texto em mutação constante, uma obra aberta que sempre impõe mais uma leitura, uma nova escolha de palavras que instalem uma borda em torno desse transbordamento de dores, sons, fluidos, cheiros, cores e sensações que observamos diretamente ou por meio das palavras do doente.

Meu pai é parte dessa comunidade de leitores. É o único que tem acesso a diversas manifestações daquele corpo, a suas camadas profundas e incógnitas para qualquer outro de nós. Como sente o moribundo Ilitch: "Deitado quase o tempo todo com o rosto contra a parede, sofria solitário sempre os mesmos tormentos sem escape e pensava solitariamente o mesmo pensar insolúvel, o que é isto?". O doente vive o real de sua enfermidade como um náufrago.

Somos terrivelmente pobres em palavras-doença. Virginia Woolf, uma exuberante cidadã do mundo das moléstias e das palavras, notou como faltavam ao inglês os recursos para tratar do adoecimento — algo espantoso, dada a centralidade da doença na experiência humana. "O inglês, capaz de expressar os pensamentos de Hamlet e a tragédia de Lear, não tem palavras para o calafrio e a dor de cabeça... A mais simples das colegiais, quando se apaixona, tem Shakespeare ou Keats para expressar seu sentimento por ela; mas deixem um sofredor tentar descrever uma dor de cabeça a um médico e a língua logo se torna árida."

No hospital, perante um corpo que sofre tridimensionalmente, médicos repetem a pergunta miseravelmente linear: "De zero a dez, como está sua dor?". A condição do doente é traduzida na língua estrangeira dos exames de imagem, dos testes laboratoriais, das medições de marcadores tumorais, dos raros apalpamentos, dos toques precários.

Com o tempo, ouvindo-o e tornando-me mais íntimo de suas expressões, começo a aprender os limites dos discursos que usamos para cercar de sentido aquela experiência: o câncer como luta; o câncer como estágio até a cura; o câncer como causa possível de morte; o câncer como mal impronunciável; o câncer como elemento do cotidiano. Todos esses discursos que a cultura nos apresenta e dos quais podemos dispor quando necessário são parcialmente verdadeiros e pateticamente pobres.

Do outro lado da mesa está o oncologista que raramente olha para meu pai. Ele passa quase toda a consulta fixado na tela do computador, acrescendo ao prontuário palavras às quais não temos acesso. Médicos de diferentes especialidades discordam entre si pela via opaca desses documentos eletrônicos: um oncologista que recomenda a cirurgia, um cirurgião que se nega a operar por conta do risco cardíaco, um segundo cirurgião que propõe a cirurgia em uma parte distante do tumor original, um cardiologista que discorda do primeiro cirurgião, um segundo oncologista que não entende as decisões do primeiro, um terceiro cirurgião que discorda de todos os outros.

Especialistas só se comunicam por meio daquelas fichas médicas que eles consultam apressadamente quando o paciente já está à sua frente e dezenas de outros enfermos aguardam para serem atendidos.

Somos governados pelos protocolos que orquestram o movimento de corpos e papéis. Nos diz Jean-Claude Bernardet em seu relato de paciente oncológico: "Eles eram médicos do meu câncer... médicos de protocolo... Uma característica dessa faceta robótica é manter o corpo do cliente à distância. Tocar é exceção, tudo é mediado por imagens, exames e laudos. O aperto de mão é mera formalidade". Por vezes, sinto que alguns dos médicos são vigias dos protocolos, mais do que médicos do próprio câncer, e quem dera de meu pai.

O território do corpo do meu pai é dividido em superintendências. Estas são comandadas por especialistas em corações, mestres em tripas, doutores em uretras, domadores de células cancerígenas. Com seus instrumentos, eles saem a explorar o corpo, estabelecendo os territórios sob sua jurisdição, porções onde podem fincar a bandeira da sua especialidade, como geógrafos imperiais que desenham fronteiras em um mapa colonial.

A cada viagem pelos departamentos do hospital, vai se configurando esse desmembramento do meu pai, um processo paulatino que sempre me traz à mente as figuras de bois penduradas nos açougues, em que cada parte do animal é circunscrita e nomeada.

Um corpo doente pede uma visão que o enxergue como totalidade, mas só ouve respostas parciais. Mesmo assim ele segue com suas frágeis fronteiras: meu pai é um e sofre.

A psicanálise há décadas nos ensina que não nascemos um. Chegamos ao mundo pulverizados em um mar de sensações, membros, sons e fluidos que, por um processo imaginário, vai ganhando um semblante de unidade. Essa ficção ontológica de que somos um talvez seja uma das mais antigas pedras sobre as quais construímos a civilização ocidental — a crença de que temos fronteiras físicas e psíquicas que nos separam do mundo e dos outros, que permitem alguma promessa de continuidade ao longo da nossa história e um aspecto de coerência e autonomia em nossa realidade subjetiva. Sem essa ilusão, somos lançados ao abismo infernal da indiferenciação entre nós e o mundo. Daí nosso típico pavor com tudo que ameaça nos despedaçar, seja materialmente ou como imagem de nós mesmos. O corpo sem fronteiras e sem unidade é o que define a angústia no centro da loucura, ou as utopias políticas de corpos e afetos em rede típicas de uma crítica contemporânea da identidade, do uno, da integração.

Contudo, o corpo do meu pai, fragmentado pelo saber médico, não é o corpo esfacelado do psicótico ou das alianças somáticas de Haraway ou de Deleuze: ele é antes o resultado de uma operação de poder que compartimentaliza para conseguir ver, controlar, tratar e, espera-se, curar. A resistência dele é inocentemente moderna: aqui existe uma pessoa, um homem com nome e história, um ser vivente que sofre e precisa de cuidados, um sujeito que ama e que tem medo, um cidadão com direitos, uma criatura que continua a alimentar a ficção de ser um, que reivindica sua totalidade para além das peças estabelecidas pelo saber médico.

Caso meu pai fosse advogado, engenheiro ou empresário, se ele tivesse um doutorado como eu, ele teria um corpo para além da soma das suas partes? Ele ainda poderia sustentar a imprescindível ilusão de ser um?

É certo que a operação de compartimentalizar o paciente é um capítulo da história da medicina que foi fundamental para que cada uma de suas especialidades pudesse avançar. Mas essa lógica também é política: em sua operação, no cotidiano de clínicas e hospitais, ela desvela uma estrutura social em que sujeitos das classes trabalhadoras são submetidos à linha de montagem dos imensos hospitais e suas carências, à violência burocrática que permeia a circulação desses corpos de trabalhadores pelos corredores e quartos dessas imensas máquinas kafkianas.

Perguntas do paciente ou de seus acompanhantes são quase sempre recebidas como sinal de desrespeito à autoridade médica. Mais de uma vez fomos submetidos a absurdas encenações de grosseria ou de desprezo quase tão violentas quanto a doença a ser combatida.

Um dos médicos, aos gritos, acusa meu irmão de querer respostas para tudo. Depois diz que naquele momento o que ele recomenda é "jejuar e orar".

Minha mãe lamenta que não há o que fazer, já que dependemos deles.

Meu pai: *Parece que quando a gente faz pergunta, eles tratam a gente pior.*

Eu tô um desastre ecológico — ele diz brincando, se referindo ao pegajoso material orgânico que se avolumava em suas fraldas geriátricas. Rimos juntos do jeito que ele fala dessa pequena reserva de rejeitos que vai se formando ali, mistura feita de matéria mal encaminhada, da desordem das coisas, dessa convivência promíscua de urina, suor e secreções de seu tumor em contato com a pele da virilha e das nádegas, ocupando os sulcos da pele flácida do meu pai.

Vamos nos acostumando a conviver com aquele corpo que dói e não se movimenta mais com desenvoltura. Aos poucos aprendemos uma nova coreografia do cuidado. É Carolina, assistente de enfermagem, quem me ensina como limpar e trocar a bolsa de colostomia enquanto eu ajudava meu pai a tomar banho pela primeira vez. Carolina fez isso com simpatia discreta e a minúcia de um artesão japonês. Naquele banheiro de hospital, meu pai vivia um de seus momentos mais frágeis, e eu me perguntava se eu sairia daquele banheiro para uma nova realidade — uma vida em que teria que assumir o papel de cuidador de um pai enfermo.

✳

Quando interior e exterior inevitavelmente se misturam, alguém tem que limpar. Na maior parte dos dias, esse alguém é ele próprio. Mas muitas vezes sou eu, meu irmão ou minha mãe, sobretudo depois de cada uma das cirurgias, quando seus movimentos ficam reduzidos por dias, às vezes semanas.

Philip Roth capturou isso em algumas de suas melhores linhas, ao descrever o encontro com os excrementos de seu pai doente: "A gente limpa a merda de um pai porque ela precisa ser limpa, mas, depois de limpá-la, tudo que se deve sentir é sentido como nunca antes [...] tão logo a gente supera o nojo, ignora a náusea e descarta aquelas fobias fortalecidas como tabus, há muita vida para ser acalentada [...]. Ali estava o meu patrimônio: não o dinheiro, não os tefilins, não a tigela de barbear, mas a merda".

Meu patrimônio são as palavras do meu pai — as palavras daquelas histórias da minha infância e as que ouvi nestes últimos anos, enquanto ajudava a cuidar de seu corpo frágil.

Ele se lembra com saudades de trabalhar na rodovia Mogi-Bertioga, segundo ele uma das paisagens mais belas que conheceu. Ele se impressiona com a capacidade humana em recortar encostas, perfurar rochas, dinamitar imensas porções das serras para desenhar a rodovia sinuosa. E se encanta com a vista para o mar, logo ali embaixo, a poucos quilômetros de distância. *Trabalhei anos ali, mas a vida do caminhoneiro era a vida da estrada, então eu nunca molhei o pé no mar aqueles anos todos.*

Que forma é essa de ver um país pelas suas margens de asfalto, pelos seus lugares de passagem? Ele entrou em poucas capitais do país, mesmo tendo margeado todas de caminhão. A geografia dos caminhoneiros é a das conexões, e seus ambientes são aqueles que nos relatos dos demais indivíduos são transitórios e sem importância. Ouvindo-o, esforço-me em entender o quanto essa vida de passagens carrega um conteúdo de verdade. Não é por acaso que "estrada" seja uma metáfora tão desgastada, tantas vezes usada como artifício para nos referirmos a um longo processo de aprendizado, a uma travessia existencial, a um processo de lenta transformação — à vida, enfim. Muitas vezes, é na estrada para Damasco — e não em Damasco — que aprendemos a ver de outras formas.

O que é meu, só eu posso enfrentar.

Era do câncer e de seu ímpeto de destruição que ele falava. Mas a sombra da morte não era apenas o tema oculto daquela frase, era também o lugar de onde ele a enunciava. Walter Benjamin nos diz que "a morte é a sanção de tudo o que o narrador pode contar. É da morte que ele deriva a sua autoridade". Ao reler aquela frase que meu pai pronunciou em um dos dias mais críticos de seu tratamento, penso que a ausência quase completa de registros escritos e de imagens de sua vida nas estradas era também a garantia de sua autonomia de então e de agora, de caminhoneiro e de narrador. A liberdade de viver e de contar, de escolher o que compartilhar comigo, quais palavras ele endereçaria a quem lhe perguntasse sobre sua vida. Nessa condição, só ele podia encarar sua história e elaborar aquilo que era seu.

Ele assumia então seu lugar de narrador e o encarava com o mesmo alento com que enfrentava os problemas de saúde mais penosos e a artilharia de procedimentos médicos.

✳

Depois de uma das cirurgias, quando acordou com a boca ainda mole e a fala enrolada pela anestesia, ele disse orgulhoso: *Eu sou bom em briga de faca com médico.*

Após cada uma das operações, ele sempre faz as mesmas três perguntas aos cirurgiões: *Quando vou poder voltar a dirigir? Quando posso tomar cerveja? E comer meu churrasquinho?*

Em abril de 2022, após meses de impasse em seu tratamento e de diversos desentendimentos entre os médicos que até então cuidavam dele, resolvemos ouvir a opinião de um novo oncologista. Ele analisa todos os exames, ouve meu relato e recomenda uma consulta com um cirurgião gástrico no mesmo dia. Os dois descrevem separadamente o mesmo cenário do progresso da doença caso o tumor não fosse amputado imediatamente. Ouço cenas de terror descritas com profissionalismo, mas com honestidade tão gráfica que não fui capaz de transmiti-las a meus pais e a meu irmão em todos os detalhes.

"Eu só não opero seu pai se o cardiologista garantir que ele morre na mesa de cirurgia", me diz o novo cirurgião. O cardiologista nos alerta sobre os riscos, mas acredita que o coração dele daria conta.

Em maio, o cirurgião gástrico retira o tumor e uma grande porção do cólon, do reto, além de uma pequena parte da próstata onde uma alça do intestino estava colada. Não há sinais de tumor fora do intestino. Depois da cirurgia, o médico pergunta se quero ver uma fotografia da "peça" que foi retirada. Eu quero. Na tela do celular, vejo pela primeira vez aquela massa marrom e avermelhada que já obstruía a porção final de seu intestino e atravessava a parede do órgão. O tumor me pareceu diabólico e ridículo, na mesma medida. Ele também mostra a imagem a meu pai e descreve cada uma das partes: aqui o tumor, aqui a porção do intestino que ia até a colostomia refeita, abaixo disso o ânus, que também foi amputado.

Doutor, dizem que quem tem cu tem medo. Então agora eu não tenho medo de mais nada.

Dia desses ele comenta ao telefone que dali em diante ele viveria para nós — eu, meu irmão, minha mãe. Claro que há nesse comentário um aceno sobre sua finitude. Mas existe também uma afirmação de seu papel em vida, algo como um "vejam: eu importo, eu sigo aqui".

E ele segue. Como caminhoneiro, meu pai aprendeu a cozinhar, coisa rara entre homens de sua geração. As longas distâncias entre restaurantes e a necessidade de economizar com a alimentação exigiam que ele cozinhasse na beira de rodovias, dispondo de um fogareiro e uns poucos apetrechos. Ele se tornou um cozinheiro primoroso e desenvolveu ao longo do tempo um vasto cardápio próprio. Sua especialidade são as carnes. Poucos fazem churrasco como meu pai. Ele é amigo de seu açougueiro favorito, o único da cidade que ele ainda admira, depois de anos discutindo e rompendo relações com todos os outros — ele jura que nenhum deles sabia fazer os cortes da maneira certa, que vendiam gato por lebre, que não o atendiam com a devida atenção.

O meu prato favorito é a polenta que ele prepara no ponto perfeito, mais mole do que dura, com um molho de frango ensopado e um ovo frito por cima com a gema bem mole. Mas ele também é conhecido entre amigos e parentes pelo seu arroz carreteiro, pelo frango assado com batatas e linguiça calabresa, pela maminha preparada na cerveja, pela língua de boi no molho vermelho, e por uma feijoada de comer ajoelhado.

Até hoje, sempre que falamos pelo telefone, ele faz questão de perguntar se eu já jantei. Muitas vezes diz: *Meu maior medo é que vocês passe fome.*

Nos últimos anos, ele tem se dedicado a fazer marmitas para os dois filhos, que trazemos conosco quando visitamos Jaú. Em cima de cada marmita ele cola uma etiqueta em que descreve o prato: *carni muida, fejuada, aros caretero, linguisa.* As palavras vêm assim, escritas da forma como ele as ouve. Essa é a arte de sua ortografia, tão pessoal e verdadeira quanto a comida que ele prepara.

Deixei boa parte dos meus livros em Jaú enquanto fazia meu doutorado nos Estados Unidos. Meu pai construiu uma estante para abrigá-los ali. Além de fabricar um móvel, ele inventou uma brincadeira: quando eu os visitava, ele dizia que tinha lido uma nova prateleira de livros e que logo já teria lido todos. Antes disso, nas vezes em que ele visitou a mim e meu irmão na residência estudantil da universidade, ele gostava de dizer que alunos no campus olhavam para ele e diziam: *olha lá aquele professor veterano*, ou então *me convidaram pra dar uma palestra sobre caminhão.* Quando digo que estou escrevendo um artigo acadêmico ou preparando uma aula, ele sempre diz *bom, qualquer dúvida fala comigo pra eu poder te orientar.*

Nas nossas idas recentes ao hospital, também aprendo a brincar de passear em seu mundo. Digo que estou com saudades dos meus amigos de estrada e do nascer do sol na Mogi-Bertioga. Comento que, quando eu trabalhei na oficina do seu Ítalo, eu fiz um portão que durou mais de sessenta anos, e que sentia saudades de tomar uma cachaça no bar da dona Iolanda ali na esquina. E como sinto vontade de embarcar meu caminhão em uma balsa no rio Negro, de rever a pororoca, de vencer atoleiros naquelas estradas de terra, de voltar a ver a floresta no norte do país.

Depois de um mês de recuperação em São Paulo, meus pais retornaram a Jaú em junho de 2022. O tratamento segue dali.

Recentemente, ele comprou novos potes mais resistentes para preparar as marmitas. *Assim vai durar mais e eu ainda vou cozinhar bastante pra vocês.*

Quando eu os visitei pouco depois da cirurgia, nos sentamos no quintal de casa logo depois do jantar. Em noites quentes, ele costuma descansar ali numa cadeira de balanço.

"Você senta aqui pra tomar um ar fresco e pensar na vida, né pai?"

Ah, pensar na vida... a vida é a vida, não tem muito o que pensar.

Agradecimentos

A Rita, editora primorosa e incentivadora deste projeto desde a primeira hora, e a toda a equipe da Fósforo.

A Michele, Marcela, Felipe e Helena, pelas palavras e pelos olhos generosos.

A Ana, parceira na travessia.

A Caio, Fred, Lívia e Mathias, companheiros em outras invenções.

A Santiago, meu gato e camarada de escrita.

A minha mãe e meu irmão, imensos.

A meu pai, por tudo já dito e por muito mais.

A marca FSC® é a garantia de que a madeira utilizada na fabricação do papel deste livro provém de florestas gerenciadas de maneira ambientalmente correta, socialmente justa e economicamente viável e de outras fontes de origem controlada.

Copyright © 2023 José Henrique Bortoluci

Todos os direitos reservados. Nenhuma parte desta obra pode ser reproduzida, arquivada ou transmitida de nenhuma forma ou por nenhum meio sem a permissão expressa e por escrito da Editora Fósforo.

EDITORA Rita Mattar
EDIÇÃO Juliana de A. Rodrigues
ASSISTENTE EDITORIAL Cristiane Alves Avelar
PREPARAÇÃO Luciana Araujo Marques
REVISÃO Geuid Dib Jardim e Andrea Souzedo
DIRETORA DE ARTE Julia Monteiro
CAPA Alles Blau
IMAGEM DE CAPA Edu Simões
PROJETO GRÁFICO Alles Blau
EDITORAÇÃO ELETRÔNICA Página Viva

Dados Internacionais de Catalogação na Publicação (CIP)
(Câmara Brasileira do Livro, SP, Brasil)

Bortoluci, José Henrique
O que é meu / José Henrique Bortoluci. — São Paulo : Fósforo, 2023.

ISBN: 978-65-84568-38-9

1. Bortoluci, José Henrique 2. Histórias de vida 3. Memórias autobiográficas 4. Pais e filhos 5. Relatos pessoais I. Título.

22-135256   CDD — 920

Índice para catálogo sistemático:
1. Autobiografiase   920

Inajara Pires de Souza — Bibliotecária — CRB PR-001652/0

1ª edição
1ª reimpressão, 2023

Editora Fósforo
Rua 24 de Maio, 270/276
10º andar, salas 1 e 2 — República
01041-001 — São Paulo, SP, Brasil
Tel: (11) 3224.2055
contato@fosforoeditora.com.br
www.fosforoeditora.com.br

Este livro foi composto em GT Alpina e
GT Flexa e impresso pela Ipsis em papel
Pólen Natural 80 g/m² da Suzano para a
Editora Fósforo em março de 2023.